Äväntyrä Alice i Underlandä

Äväntyrä Alice i Underlandä

Alice's Adventures in Wonderland in Elfdalian

Åv

Lewis Carroll

MÅLAÐKALLÄR ÅV
JOHN TENNIEL

YVYRSETT AÐ ÖVDALSKUN ÅV
INGA-BRITT PETERSSON

evertype
2022

Utgiven av/*Published by* Evertype, 19A Corso Street, Dundee, DD2 1DR, Scotland. *www.evertype.com*.

Originaltitel/*Original title*: *Alice's Adventures in Wonderland*.

Tekst/*Text* © 2022 Inga-Britt Petersson.
Denna utgåva/*This edition* © 2022 Michael Everson.

Medöversättare/*Advisory editors*: Björn Rehnström, Ulla Schütt, & Gunnar Nyström.

En katalogpost för den här boken kan erhållas från British Library.
A catalogue record for this book is available from the British Library.

ISBN-10 1-78201-294-X
ISBN-13 978-1-78201-294-8

Satt med/*Typeset in* De Vinne Text, Mona Lisa, ENGRAVERS' ROMAN, & *Liberty* av/*by* Michael Everson.

Illustrationer/*Illustrations*: John Tenniel, 1865.

Omslag/*Cover*: Michael Everson.

Firital

Lewis Carroll ir namneð Charles Lutwidge Dodgson brukeð dar an skrievd byökär. C. L. Dodgson lärð aut rekkenlärų å Oxforduniwesitietę. An byrð å sai åv iss isstorun fiuorð juli 1862, mes an sigleð autå Temsn i lag min ienum preste, so ietteð Robinson Duckworth, og trimm kullum. Įeðier war ti år gåmål og ietteð Alice Liddell. Attrað enner war systrär enes, Lorina og Edith, so war å trettund og åttund årę. Sos an beller sjå i waisun fuost i birettelsę, add iss trjär ärt å min C. L. Dodgson an ulld sai åv noger fer ðyöm. An war int just åv dyö fuost, men etter noð tag byrð an å sai åv birettelsę ðu beller leså i iss buotjin. Oll dier ðar femm irå minn ymssta'ss i birettelsę, liteð attgemder. Buotję um Alice kam aut å ainggelsk upå 1865.

Buotję wart so gäv so å ar uort yvyrsett að flierum målum – og nų bell boð övkallär og leså ån å mųoðesmåleð. Dalsk-yvyrsettnindję ar Inga-Britt Peterson gart ilag min Laið Ulla Schütt og Björn Rehnström. Å ar yvyrsett mikkel krippbyöker og eller tekster gainum årę og ar bidrågåð mitjið ymslund að kunnskapum um övkallmåleð og övdalskulturn. Frå uppwekstn i Kåteli ar å faið minn sig mikklų uorð og auttryttj og ymsę eller gåmålt og yrmerkt so int an ärer so kringgt i dag.

Auti gambeluorðstattjem i iss buotjin fið an att slaikt sos *ugsa* "taintja", *glåmå* "språka", *lyða* "lyssn", *träða* "stjuop upp", *lyölin* "ruolin", *ieðlos* "yvyrdjivin", *kalktupp* "kalkuon" og *råðruom* "myöligiet". (Kuogä i uorðlistun attåni buotjin, og will du finn att flierę slaikų uorð!) Auti auttryttjum og frasum förekumå fer eksempel *kum för snorkelindjä, wänd umm blað, sos lysų, eð sannt ir, ån tið so kwer war* og *Råðär Åmun*. Rekkenuorðę brukas eter gåmålt: "*twer* knikter" og "*twär* ųolaik mänistjur", "ðierdar *trair* kniktär" og "*trjär* wikur" – og "*tau* eld *tråi* par". Og eð les "ien *litn* skapnað" og "ię *litä* maus".

Sę finnum wįr kringgt att k a s u s ę (nåminativ, akusativ og dativ), so åvå kumið brott i Övdalim mitjið åv jär attåter. Eksemplę að slaikum i iss buotjin irå "såg *nytjyln*" og "nå *nykkläm*"; "spyr *åna*" og "gådd it *änner*"; "*Mausstjärin* fygd etter", "frutt *Mausstjärån*" og "sagd Alice að *Mausstjäråm*"; "boð nåt og *dag*" og "å ienum *dae*"; "ien *stur* talldrikk kam", "min ien *sturan* fuoksuop ringgum sig" og "ryörd niði ienum *sturum* suppkessl"; "*indjin* brägäð", "ig ier it *inggan*" og "skrievað að įtt *inggum*".

Wað eller ir, kumb sos wentend weståtilmåleð (kåtelimåleð attrað måmstaðsmålę) framm i tekstn. Yrmerktų eksempel að dyö irå *ä*-liuoð (ellerstas wanligest *ę*), endelsę *-a* i *rieða, tårär liepa* og *åv issa* (oståtil mjäst åv *-u*, upå Åsum *-å* eld *-a*) og wariantär sos *sumu, wätta, daungin* og *stytter* (oståtil wanligest *summu, wenta, daungen* og *stutter*).

Nogų nyuorð itter an og å i yvyrsettnindjin, slais og *gullsmitåðfikdie'n* (i ainggelskun suorär eð mųot *toffee*) og *gusåbrunn* (eð ir *fontän* i swenskun). Eð itter og å yvyrsettnindję bjär åv daiti slaikt so wär wentend jųoti Övdalim. Iessn biuoð Alice til glåmå wið ien maus, men eð gnåter int i noð – i ainggelsktekstn les eð: "'Perhaps it doesn't understand English,' thought Alice". I yvyrsettnindjin werð eð að "'Kanstji å ferstår it ingg dalska', ugst Alice". Sumuso ar "was snorting like a steam-engine" uorteð að "fnåist sos ien smipust", og "at the great concert" suorär muọt "å ändar spilmannsstämmnun". I originaltekstn kweð sä Alice ainggelsksaundjin *How doth the little busy bee*, um og å syöks it dugå wend eð å kweð; i yvyrsettnindjin kweð å nụ *"Og ðaiti buðum ig war ferstå'ss"* – min nyum uorðum.

Yvyrsettnindjẹ ir gar eter swenskyvyrsettnindjin Emily Nonnen (i autgåvun Evertype frå 2010); attrað dyö åvå boð aislenskwesiuon Þórarinn Eldjárn og ainggelskoriginaleð (i autgåvum Evertype frå 2013 og 2015) weð et jåper milumað. Yvyrsettern ar og kringgt gaið i råð min Gunnar Nyström i Uppsalum, so olltiett ar weð wilað jåp til finn att wildest uorðẹ og auttryttjẹ. Rimaðwessär i tekstn ar eð mikkel gaungg weð noð djärå få til, og flierum åv dyöm amm boð Gunnar og ig äpeð til min. Gunnar ar og i lag min mig apt um ander sig korrekturlesnindjẹ og ar si'tt til stavnindjẹ ir sos å al eter auttalị yvyrsetteram og eter gambelauttalị weståtil.

Trivlig lesningg nụ i lag min *Alice* og *Lissl-Jugå*, *Åmun*, *Mausstjäråm*, *Dauvun* og oðer skapnaðum i en dar underlig wärdn *Alice i Underlandä*!

Stefan E. Jacobsson
upå Åsum 2022

Foreword

$\mathcal{L}$ewis Carroll is a pen-name: Charles Lutwidge Dodgson was the author's real name and he was lecturer in Mathematics in Christ Church, Oxford. Dodgson began the story on 4 July 1862, when he took a journey in a rowing boat on the river Isis in Oxford together with the Reverend Robinson Duckworth, with Alice Liddell (ten years of age) the daughter of the Dean of Christ Church, and with her two sisters, Lorina (thirteen years of age), and Edith (eight years of age). As is clear from the poem at the beginning of the book, the three girls asked Dodgson for a story and reluctantly at first he began to tell the first version of the story to them. There are many half-hidden references made to the five of them throughout the text of the book itself, which was published finally in 1865.

The language of this new translation of *Alice's Adventures in Wonderland* is spoken in the parish of Elfdalia (Swedish: Elfdalen) in northern Dalecarlia, Sweden. Belonging to the Dalecarlian branch of the Nordic languages, Eldfalian is renowned for its antiquity and independence. Among the archaic phonetic, phonological, and grammatical peculiarities of this variety may be mentioned, for instance, the retention of the Proto Norse and Proto Germanic nasal vowels as well as the Old Norse quantity system (including three syllable lengths), grammatical cases, and a rich verb inflection. Furthermore, the vocabulary contains a large number of archaic and peculiar words. A good many old and new phonetic innovations increase the distinctiveness of this linguistic variety. During the last generations, there has, unfortunately, been an increasing influence from the official Swedish language on Elfdalian on all linguistic levels—alongside a substantial decline in the number of speakers.

Although Swedish has for a long time been predominant as a written language in Elfdalia, this translation follows a rather long tradition of writing in Elfdalian, the oldest printed texts being from the 17th century. (Alongside Latin letters, runes have been widely used well into the 20th century.) The translator Inga-Britt Peterson from the village of Kåteli in the western part of the parish is a former teacher, who has translated, among other things, several children's and youth books and some poetry into her native Elfdalian and has in this and other ways greatly contributed to the knowledge of this tongue and to its cultivation as a literary language. Her rich word treasure and well-preserved linguistic system are well reflected in the present translation. Laið Ulla Schütt and Björn Rehnström has been working together with Inga-Britt to translate the book.

Elfdalian often reveals a closer resemblance to other archaic tongues, such as Icelandic and Faroese (and, not infrequently, even to English), than to Swedish. Consider, for instance, these examples from the translation: *stytter* 'shorter', (Icelandic and Faroese *styttri*, Swedish *kortare*), *yöpa* 'to shout' (Icelandic *æpa*, Swedish *ropa*), *ugga* 'to comfort' (Faroese *ugga*, Swedish *trösta*), *krop ą kni* 'knelt down' (Icelandic *kraup á kné*, Swedish *lade sig på knä*), *ą grauva* 'on one's face' (Icelandic *á grúfu*, Swedish *på mage*), *oðerwais* 'otherwise', (Icelandic *öðruvísi*, Faroese *øðrvísi*, Swedish *annorlunda*). Words rarely encountered today, met with in the text, include *ieðlos* 'melancholy', *träða* 'to suspend', and *mardbrygd* 'awfully curious'. A number of words and collocations have not been registered (at all, or only with other meanings) in dictionaries and grammars of Elfdalian—including *suoprient* 'absolutely', *les etter* 'to repeat', *råðruom* 'opportunity', and *rimp* 'Gryphon'. (More words from the text are found in the *Uordlist* at the back of the book.)

In the grammatical sphere, there is in the language of the translation a maintained gender distinction in cases such as "ien *litn* skapnað" 'a little creature', but "ję *litą* maus" 'a little mouse', or "ðierdar *trair* kniktär" 'the three soldiers', but "*trjär* wikur" 'three weeks', and "*tråi* par" 'three pairs'. In addition, the extant case inflection is noteworthy. A few examples with nouns are given here: "*Mausstjärin* fygd etter" 'the Dormouse followed him'; "frutt *Mausstjärån*" 'offend the Dormouse'; "sagd Alice að *Mausstjäråm*" 'Alice said to the Dormouse'; "boð nąt og *dag*" 'night and day'; "ą ienum *dae*" 'in a day'. Different case forms of the adjective *stur* 'large; great' in the masculine singular are displayed in the following sentence fragments: "ien *stur* talldrikk kam" 'a large plate came'; "min ien *sturan* fuoksuop ringgum sig" 'with a great crowd assembled about them'; "ryörd niði ienum *sturum* suppkessl" 'stirring a large cauldron'. Examples of case inflected pronouns are: "spyr *åna*" 'ask her'; "og gądd it *änner*" 'without noticing her'; "*indjin* brägäð" 'nobody moved'; "ig ier it *inggan*" 'I've none'; "skrievað að įtt *inggum*" 'written to nobody'. (However, in some cases, the use of grammatical forms differs from that described in grammars, such as the frequent replacement of nominative forms with accusative forms in nouns or the generalization of the nominative masculine form of adjectives when in predicative use.)

x

Among dialectal differences within Elfdalian most are found within the sound system and the morphology. The language of this translation shows many features of the dialects of the neighbouring Kåteli and Måmstað, the ancestral villages of the translator. Among common traits of these western dialects may be mentioned the open nasal *ą* and *ą̈* vowels and the *a* ending—the latter occurring in word forms like *liepa* 'were flowing' and *åv issa* 'of this'—corresponding to *ǫ*, *ę*, and *-u*, respectively, in most of the eastern Elfdalian dialects. Other characteristics are forms like *daungin* 'down (of a bird)' and *wą̈tta* 'to suppose', contrasting with *daungen* and *wenta* elsewhere.

This smooth translation of one of the classics of English literature into a tongue mainly in vernacular use is quite a magnificent achievement. The translator hasn't refrained from giving the new text a Dalecarlian and personal flavour. Lacking certain words and notions, using newly coined words, such as *gusåbrunn* 'fountain' and *gullsmitåðfikdie'n* 'toffee', has been an alternative to borrowing. Occasionally, the translation is adjusted to local circumstances. When Alice tries in vain to talk to a mouse, she links the creature to William the Conqueror in the original text: "'Perhaps it doesn't understand English,' thought Alice; 'I daresay it's a French mouse, come over with William the Conqueror.'" The somewhat adapted translation reads: "'*Kanstji ą ferstår it ingg dalska*', *ugst Alice; 'eð ir naug įe franskmaus so ar kumið jųot min Jean Baptiste Bernadotte*.'" 'Perhaps it doesn't understand Dalecarlian', thought Alice; 'it's probably a Frenchmouse, which has come over here with Jean-Baptiste Bernadotte'; this was the successor of the Swedish throne, who came from France in 1810 and ruled as Charles XIV John. Likewise, the original formulation "was snorting like a steam-engine" has become *fnåist sos ien smipust* 'was snorting like a pair of bellows', and "at the great concert" is rendered by *ą ändar spilmannsstämmnun* 'at that fiddlers' gathering'. Finally, a new version of the old Elfdalian song "*Og ðaiti buðum ig war ferstå'ss*" ('*And I was away in the Shieling*') is introduced in the translation instead of the paraphrase of "*How doth the little busy bee*" as in the original text.

The translation was made mainly from the Swedish version by Emily Nonnen from 1870, and, to a less extent, from the Icelandic translation by Þórarinn Eldjárn and the English original (all of them in Evertype's editions from 2010, 2013, and 2015, respectively). Much help and advice in the translation process has been provided by Gunnar Nyström, a renowned Swedish dialectologist and specialist of Elfdalian. The proofreading and a number of suggestions as to wordings (particularly in the rhymed stanzas) and orthography (including the general introduction of an apostrophe indicating the length of a vowel before a long consonant) have been made by Gunnar Nyström and myself. (The orthography, with such features as the letter *ð* for the dental fricative and *w* for the consonantal *u*, the spelling of nasal vowels with the *ogonek*, and the use of *dj* and *tj* for the affricates originating in palatalized *g* and *k*, is, however, substantially the translator's own.)

This brilliant translation of *Alice's Adventures in Wonderland* does the original justice as well as is in itself a new piece of literary art and a great contribution to the Elfdalian literary treasure. Elfdalians and others are wished a joyful read in the company of *wissl-Alice* 'poor Alice', *Lissl-Jugą* 'Bill the Lizard', *Åmą* 'the Caterpillar', *Mausstjärin* 'the Dormouse', *Dauvą* 'the Pigeon', and the other creatures in the wonderful universe of *Alice i Underlandą*.

Stefan E. Jacobsson
Åsbynn 2022

Äväntyrä Alice i Underlandä

Innolld

I kwellssuolgullą makkli siglum,
og wåą ir so glimänd klår.
Eð djärå ir að armum kniųortum
mes årą tungg mųot wattną slår;
män litt nog nevir bar ðier bella
dyöðar so läkfullt styr og stella

Män nų sją! Smąur krev ien sagu
min wännäm sainum oller trjär.
Eð warmt og kwamsut ir i weðrą,
og ųtt iet daungn far brågå jär;
män änteli ðier wil ųe sågå
edd kumið nų – og fårå gnågå!

Og Fuostą syöks war bis i båtäm:
"Seg åv fer uoss! Ig wet du dug!"
Män blot ą mąleð Oðrą äres:
"Noð lyölit seg du kumb ijug!"
Og Triðą, lisslą, attrað fuorker
noð wessn sä, ja, mjässt ą uorker.

Män ollt i seð dier fårå taungin
og fy ðaitą ien sagustrand;
dier gą ien kull so ir ferläpin
daiti ien drömtjyös underland
nest skapnaðum åv ymsum slagum –
og wil it iemat bråðum dagum!

Män skrypt og slaikt bismi að wännäm –
sai åv so mikkel bugär å!
An ferin ir, will baið ien stjyöra
og saguändan träða få
"Tast oðer gaundjin –" "Oðer gaundjin
ir nu!" Og sturglað äres saundjin.

Slaik wekkst å, sågå Underlandä,
so siðuli; eð wänn minut
ien sagulekk i tjaiun smai'ddes.
Og nu mes ollt ir sagt og slut
an får ðar sjå ien faingnan skårå:
i kwellssuolgaundjäm iem dier fårå.

Tag muot, tjär Alice, issjär sagun!
og ev ån sä ðaiti iet land
dar drömär krippum kwer ul livå
og spinnas að ien minnesband
sos tuorr ien pilgrimskrans i andum
du iempteð laungga auti landum.

KAPITEL I

Kaninuoleð

Alice laungglie'ddes sittj nest syster sain å ðyöðar muosålandä og ịtt åvå noð fårå auti. Nog gaungg add å sneglaðs ini buotjä so syster ännes las i, män dar war ingg målaðkaller eld noð so täläðs dyö; "og wän ir eð fer lyölit min ien buok autå nog målaðkall eld noð glam?" ugst Alice.

Å byrd å spyr sig siuov (fer eð war ien so warm og kwamsun ien dag, so å kännd sig boð trä'tt og tunggsamm) um å edd nyttað rait sig og iempt erålinggstuppur og fliet ien krans åv diem, so å tykkt so lyöli – mes ien wait kanin min stjärụ oga min dyö sumu snetteð i weg briewið ån.

Ittað war it noð *oðerunderliger*, og ịtt elld kam eð för Alice sos wär eð noð mjog merkwärdut dyö mes å ärd Kanin glämäð fer sig siuov: "Biwaran sig! Ig kumb gra'nn uvsient!" (Sä, mes å funndireð auti issa, byrd å å ugs wiso å add it tykkt eð war wänest underlit; män då add å bar tykkt eð war sos eð ullde.) Män mes Kanin min dyö sumu *tuog uppyr ien klukk yr livstyttjfikkun* og bögleðs å ån og sä kringgeð sig i weg, sprott Alice upp, iaipläpt sos å wart – fer ollt i seð fuor å ugs å add it ollder för si'tt ien kanin so add apt ien livstyttjfikk eld ien klukk so djikk tag uppyr fikkun. Å wart so liuotbrygd so å kåi'tt eter åm daityvyr iel lindu, og syökt dait lagum få sjå ur an twersnetteð åv niði iet kaninuol niðunder buosskum.

Alice kringgeð sig rað weg inn attånað åm og funndireð it noð auti ur å mund sä ul tågå sig autyr att.

Kaninuoleð djikk rett framter ien bit, gra'nn slais ien iennwegstunnel, män ferswann ollt i seð twerstrai'tt diuopt niði, so Alice wann its stą'n til åv og til dyö feld å kännd ur å fjäll niði, sos wär å ini ienum diuopum brunne.

Iettdier war brunn liuotdiuop eld og fjäll å wänest små'tt, fer mes å fjäll tuold eð so laindj so å wann böglas ringgum sig og funndir auti wän so kam te stji järeter. I byrånändam boð å til böglas niði og sjå etter wert eð ulld bjär åv; män eð war

uvmörkt sjå noð. Sä kuogäð å å brunnssaiður og wart iwari
ðar war skåpä og buokillär eter weggum. Sumstaðs war eð
kartur, såg å, og målaðkallär og, so ainggd å knappum. Å fikk
i ien butt upå ien ille, mes å fuor ðar framm i los weðrä, og
såg eð las "APELSINMARMELAÐ" å lappäm å buttäm.
Män skaðulit naug war an tuom, wart å iwari; og å blåjällt i
an, fer å war wið nogär edd faið åv åm dar niðåmin og uorteð
elað. Að slutä war å guoðtil stupp inn an i iettdier åv skåpum
mes å swiveð framm dar.

"Ukað so ir!" ugst Alice. "Etter eð ig ar felleð sånä werd eð
it inggu sak stypplas åv å obbdä ni'tter uonde ukum trampum
so irå! Ur ðierðar iemdar kumå te tyttj ig ar uort muossk! Ja,
og edd ig felleð nið åv tatjį, edd eð it knuttjeð autyr mig!" –
noð so wär ðå säkert laikligest!

Niði, niði, diuoper niði ändå! Kam eð *ollder* te sluta? "Ig far
funndir i ur mikklų mil ig nų må að felleð", lit å well å måleð.
"Ig må fel wårå gra'nn när mittäm åv juordn. Fåmm sjå – eð
wär ringgum sjäkks undrað mil eð, ugser ig –" (Åv iss sjåum
wįr Alice add lärt sig iett og anað i skaulam, og fast *įtt eð war
að ingg* lat sjå kunnskapą sain dar įtt eð war indjin dar so edd
að weð guoðtil är å, so war eð fel ändå įe passlig träningg tag
umm lekksų fer sig siuov.) "– Ju, ju, eð må fel ul wårå rett
diuopeð eð; män sä undres ig å að ukk brie'dd- eld lainggdgrað
ig ar syökt." (Alice add it lag å noð wän įe brie'ddgrað eld įe
lainggdgrað war fer noð, män å tykkt eð lit so bra bruk slaikų
lärdų uord.)

Ollt i seð lit å et nyeðs: "Ig ugser um ig kumb te foll *rett
gainum* juordä. Ur lyölit eð wär kum framm mitt auti fuotjä
so go min ovuð rett niði! *Antipatiär* truor ig ðier kollas –"
(Isan gaundjin war å wänest faingin indjin ärd å, fer å tykkt
it edar uordeð lit so uvändes börgt.) "– Män sä får ig ferstå'ss
spyr etter ur landeð dierases ietter. Ursekt mig, frunä, ir ittað
Nya Zeeland? Eld Australiän?" (Og å boð til nig mes å sagd
ittað – kum ijug bara, *nig* mes an foll i los weðrä! Edd *du* weð

guoðtil fårå so?) ”Män å kumb fel te tyttj ig ir ie uvändes tolug
og fåkunug lissltytt so spyr etter so! Nai, eð gor naug it til
spyr etter, män kanstji eð ir skrievað nogumstaðs.”

Niði, niði, ändå diuoper niði. Eð war it inggu eller råð, og
ferðyö byrd Alice å glåmå atte. ”Tiri kumb naug te sakkin mig
að kwelldäm, kann ig truo!” (Tiri war Massn ännes.) ”Ig
uppes dier glämm it åv djävå änner lisslmjokfateð ännes að
otnäm. Frekå-Tiri mąi! Ig edd wilað du og wär niðåmin jär
nest mig! Ig ir redd eð ir it ingg måiser upi weðrä, män kanstji
ðu edd bellt tågå ien leðer. Leðrär irå fel it so uolaiker
mausum måwitå. Män ur ir eð? Jätå massär leðrą?” Män nu
wart Alice liteð trä'tt, so å gav å sai umm et nyeðs sos wär eð
i drömäm: ”Jätå massär leðrą?” Og milumað lit å: ”Jätå
leðrär massą?” Fer, sir ðu, etersos å dugd its suorå å iendier
eld oðer frågu ðyö, war eð itt að ingg ur å spuord etter. Män
sä tuog swämmin yvyrandä, og å drömd å djikk og jällt i Tiri
i nevåm og lit uvändes ekkster: ”Män seg sannt nu, Tiri, ar
ðu nossn ietið nån leðer eld itte?” i ðyö å, rað weg og
liuotstrai'tt, kam niðå ien raisstakk og blikknaðloveð og add
felleð rieða.

Alice add it gart ill sig itt noð. Å djärd bar ien lisslan kaut,
og sä war å upå fuotum atte. Å kuogäð uppi män ollt war
mörkt uppi ðar. Fråmånað sig såg å ien launggan gaungg, og
Wait-Kanin syntes til änn, kringgänd sig ni'tter gaundjäm.
Nu war eð te fårå eter åm straiðest å dugde. Eð bar åv fer
Alice so eð obbdeð etter, män å bar ärd ur an yöpt mes an
swainggd åv daitum knautn: ”Uwą, äru og munntasä mainu,
ur sient eð ar uorteð rieða!” Å war rieð inå älą að åm mes an
fuor attrum knautn, män eð syntes it indjin Kanin noð mier,
og å war inni ienum launggum lågum sale, so war upplyst åv
ien lamprað so ainggd nið åv tatji.

Eð war flier dörär ringgum saln, män dier war attläster
ollerijuop, og säs Alice add gaið ni'tter iel iendier saiðun og
upter oðrun og buoðið til min ollum dörum, fuor å mitt

gainum saln, liuota för ðyö, og undreðs å um å nossn kam te tågå sig aut dar frå att.

Ollt i seð kam å framm að ien lissl trifuotaðbuord so war gart åv barest glasį. Upå ðyö war it otå ien uvändes litn gullnytjyl, og Alice ugst rað weg kanstji an edd kunnað pass i nogum åv dörum. Män auw nai! Iettdier war låseð uvsturt eld nytjyln uvlitn, fer å dugd it tep upp nogum ienda åv diem. Män oðer gaundjin å djärd swaindjin sänn kam å ðaitað ienum lågum fuorlåt, so å add it gåeð för, og attånað ånum fikk å sjå nog små dörär, ringgum fämtå tumm oger. Å stuppeð inni andar lissl gullnytjyln ini låseð, og wart sturfaingin mes an passeð gra'nn wel!

Alice teppt upp dörum og wart iwari ðier djingg daiti ien lisslan mjåan gaungg, įtt just styörr eld iet rottuol. Å krop niðå kni og kuogäð dai'tter gaundjäm og inn i ienn åv finest trägardum nogär edd kunnað förestell sig. Ur å trå'dd eter slipp frå åmdar mörk saläm og få fårå auti ðiemdar bliuommsainggum, og so war i ollum fergum, og ðiemdar swal gusåbrunnum; män skaðulit naug dugd å ịts stupp inn ovuð inngainum dörär ðyö. "Og *edd* ig með guoðtil näð gainum ovuð", ugst åðar wissl Alice, "so edd eð it með just að ingg um ịtt erdär og edd fygt etter. Auw, edd ig bar með guoðtil fellas ijuop sos iet tiliskop! Kanstji eð wär it djärå noð, bar an edd witåð ur an edd ulað bjärå sig að." Fer sos du sir add so mitjið underlit ännt jär i åðs, so Alice fuor ugs um ịtt uonde wänn edd kunnað ända.

Eð syöks it gnät i stạ'n nest ðiemdar smådörum, so å fuor atter daitað glasbuordä att og ugst nogär eller nytjyl edd kunnað itt å war upå ðyö, eld kanstji nogụ buok dar so eð las

ur fuotjeð ulld bjärå sig að so ðier edd felldas ijuop sos iet
tiliskop. Män isan gaundjin fann å ien lissl flassk upå ðyö –
("Å war ðåfel it jär för", lit Alice) –, og ringgum flasskåsn war
eð ien papislapp so uordą "DRIKK MIG" war trykkter min
sturum finum buokstavum ą.

Nų war eð fel bra eð las "Drikk mig", män so war it åðar
witug Lissl-Alice tainkt fårå i twerasstäm. "Nai", lit ą, "fuost
will ig kuogå nųoga og sjå etter um eð les 'djipt' eld ıtte." Fer
ą add lesið noð mikklų lyöligų småbirettels um krippą so add
uort ijelbrännder eld uppietner åv willdkrytyrum eld kumið
auti nog eller farligiet bar fer ıtt dier *willd* dra sig og minnas
slaik ienkel reglur: til eksämpel brännes ıe glyöðiet
iennstaungg um an olld i ån uvlaindj. Og sumuso: um an far
og liuotstjär sig i finggreð min ienum knaive, bruker eð mjässt
åv far blyöða. Og ą add då durk ıtt glämmt åv: um an drikk
ien duktigan skwekt yr ien flassk eð les "djipt" ą, får an mjässt
war säker eð werd noð klient nossn etter.

Män eð las *ıtt* "djipt" ą iss flasskun noð, so fer ðyö truo'dd
sig Alice småkå eð so war i än, og mes ą wart iwari eð smäkäð
uvändes guoða (sos wär eð tilblandað åv tjössbestårtun,
sitruonkrämäm, ananasäm, kalktuppstietjäm, gullsmitåð-
fikdieäm og warmwofflum), so drokk ą yr eð i rappeð.

"Eð kännes so underlit!" yöpt Alice. "Ig olld durk ą stjuotas
ijuop sos iet tiliskop!"

Og so war eð og. Nų war ą it otå ti tumm laungg, og ą war
so glað um ogų mes ą kam ijug ą add uort lagum stur að slutą
kumås inn i andar grannträgardn gainum diemdar smådörär.
Män fuost bai'dd ą nog minut og willd sjå um ą edd kumið te
werd ändå stytter. Mes ittað kam för än wart ą liteð wið, "fer

eð edd fel kunnað go so", ugst Alice, "so ig mjå'nner yr gra'nn sos iet liuos. Ig undres å ukin ig sä edd kumið te sjå aut!" Og å boð til förestell sig ukin liuoslugin edd si'tt aut säs liuoseð wär yrbläseð, fer å dugd it minn å sig å add si'tt noð slaikt nossn.

Mes li'tt add werið, og mes å wart iwari eð wart it noð mįer, bistämmd å sig å ulld far inn i trägardn rað weg – män auw, wissl Alice! Mes å willd tep upp dörum, wart å iwari å add glämmt åmdar lissl gullnykkläm, og mes å fuor atter att að buordä etter åm, dugd å it nå so ogt. Å såg nytjyln gra'nn wel gainum glaseð, og boð til ollt å dugd klaiv upter ienumdier åv buordsfuotum. Män an war uval, og säs å add paindaðs min dyö tast å war gra'nn autferin, sett sig andar wissl lisslkullskatin og fuor graina. "Eð will til að rotåm", ugst å.

"Auw, eð gnįater it i grain sånį", lit Alice fer sig siuov wänest wiss å sig, "ig råðdjär ðig slut min dyö rað weg!" Mitjið åv brukeð å djävå sig siuov guoð råðer (fast įtt å retteð sig eter ðiem so kringgt), og milumað skrätäð å að sig siuov so uvliuo'tt so tårär liepa. Ja, å minnd å sig å add buoðið til iessn yrrvel til að sig siuov mes å add lurað sig i ien krokketspili so å spiläð mųot sig siuov i; fer isnjär underlig krippin tykkt wänest lyölit wårå twär ųolaik mänistjur. "Män nų ir eð įtt að ingg wårå twär ųolaiker", ugst wissl-Alice; "eð ir ðå its so pass mitjið kwer åv mig so edd ruttjeð få til *ien* riktug mänistj åv dyö."

Män snįart fikk å sjå ien lissl glaslåðer so war under buordä. Å teppt upp än, og niði ðar war eð įe wänest litä kåkå so uordä "JÄT MIG" war skrievaðer so uvändes fint min korintum å. "Juu ðå, ig al jätå ien smuolu åv än", lit Alice, "og jåp eð til so ig werd stur atte, dug ig nå nykkläm; og werd ig minna, werd ig guoðtil gryvel under dörum. Ur änn eð werd, kumbs ig ukað so ir inn i trägardn, og ðå uonder ig it noð ur eð gor til!"

Å åt ien smuolu og lit fer sig siuov noð grandeð wið: "Wän uolld? Wän uolld?" Sä lagd å uppå nevån å skollan og willd känn etter um å wart noð styörra. Män å wart gra'nn ferlesin mes å wart iwari å war laik stur og för. Eð bruker nufel wårå so sos kringgest dar an jät ien kaku, män nu add fel Alice byrt å wätt sig oðerunderliger ändelsum, so å tykkt eð war boð klient og tolut dar itt eð wart otå sos wanlit.

Å byrd å jätå att, og i rappeð add å ietið upp iel kaku.

*   *   *   *

   *   *   *

*   *   *   *

KAPITEL II

Tårluotjin

"Mier undliger og mjer undliger!" yöpt Alice, so iaipläpt so å syöks mjässt it dugå wänd eð å sagde. "Nų byrer ig å stjuot åv å lainggdn gra'nn sos styöst tiliskopeð so ar funneðs nossn jär i wärdn. Ajö min ið, småfuoter!" Mes å kuogäð nið å fuotą sain war eð mjässt sos edd dier að fersuonneðs, so launggt brott war ðier. "Auw, ið wissl småfuoter mainer, ukin al nų set å ið skuoną og sukkur, wassker! *Ig* kumb įtt ollder te war guoðtil að dyö! Ittje dug ig, so ir so launggt brott, ųogås ið noð järeter, fąið jåp ið siuovum eð dugið. Män ig fąr fel sakt war frek wið diem ukað so ir", ugst Alice, "ellest edd eð kunnað werd so ðier edd it fygt etter ðait ig will dier ula! Fåmm sjå, ig al djävå ðiem iet ny'tt skuopar werr juol."

Og sä byrd å å rekkin aut ur slaikt mund ul go til. "Ig fąr stjikk diem min pakietpuostäm", lit å fer sig siuov; "kum ijug ur lyölit eð werd stjikk juolklappą að sainum iegnum fuotum! Og ur lyölin adressn kumb te sjå aut!

Að fuotum Alice
niðå Mattun
nest Kaminäm
(ellsningger frå Alice)

Að ukk tolglämär ig slaik!"

Min dyö sumu dunkeð å uppi ovuð upi tatjeð – å war fel sakt noð grandeð mjereld ni fuot laungg, og ðå fikk å i andar lissl gullnytjyln rað weg og kringgeð sig ðaitað trägardsdörum.

Wissl Alice! Wänest snårt wart å iwari eð war bar mes å lagd sig å iendier saiðų å war guoðtil sneglas inn i trägardn min iendier ogå. Kum inn gainum nog dörär war ðå durk įtt noð funndir auti ðyö, og ferðyö sett å sig nið å guoveð og fuor rol atte.

"Ukað so ir edd du ulað skämmas åv", lit Alice, "įe stur kulla sos du –" (eð war fel it tuokut noð sai so) "–, djäv å og wäl slaik! Slut min dyö rað weg, ser ig að dig!" Män å fuortsett ukað so war lat lop kanntals åv tårum, tast å stuoð auti ienum sturum luotje. An war ringgum fiuor tumm diuop og nå'dd åvwegs dai'tter saläm.

Mes li'tt add werið ärd å noð so teppleð å laikt og nog småfuoter

brotter, og å kringgeð sig tork sig um oguͅ so å ulld sjå wän so
war å ferdum.

Eð war andar Wait Kanin so kam atter att, so uvändes
iͅekumt åsett, min iet par åv waitdjietstjinnsanskum i
ienumdier nevåm og ien stur suolfjäðer i oðram. An kam
teppländ straiðest an dugd og glämäð iel tiðäͅ fer sig siuov:
"Uwaͅ, biwaran sig! Ertiginnaͅ! Ertiginnaͅ! Nuͅ werd å naug
liuota ferargað, um ig ar latt baið ån!" Alice war so autsett so
å edd djienn að wilað bið uonde ukum jåp sig nuͅ; og mes
Kanin kam nämmer, sagd å, stjåvänd og låg å måleð: "Auw,
um du, ärr, edd wilað war so frek –"

Män Kanin twertjipptes og tappeð diemdar wait djietstjinnsanskum og suolfjäðern og snetteð åv ini mörkneð sniässt an fikk fuotą undą̊ sig. Alice tuog att suolfjäðrą og anską, og etersos eð war so ųokristeli warmt inn dar, gav ą̊ ą̊ og swipäð suolfjäðern att og framm änn mą̊ ą̊ glämäð: "Uwą, ur underlit ollt ir i dag! Og i går war ollt sos eð bruker. Ig far ugs kanstji ig ar uort brottby'tt i nąt? Fåmm sją̊: *war* ig sumu mänistj mes ig wakkneð jär i mä'nnäm? Ig tyttjer mjässt ig ir liteð oðerwais. Män um ųtt ig itter ą̊ wårą̊ sumu ųe sos ig war, so spyr an sig wän i friðns dagar ig *są̈* ir fer ųe nų ðą̊. Ja, eð ir fel eð so ir siuov knautn!" Og są̈ byrd ą̊ ą̊ rekkin etter oll laik gambel krippą ą̊ känntes wið og willd sją̊ um ą̊ add uort ferwänd að ienum åv diem.

"*Ada* ir ig ðą̊fel ukað so ir ųtte", lit ą̊, "fer åreð ännes ir so launggt og siuovlokkut, og mett ir ųts knulldrut noð dyö; og *Mabel* beller ig it ellde wårą̊, fer ig wet åv so mikkel, og ą̊ wet då ųtt åv ingga! Og attrað dyö ir ą̊ ą̊ og *ig* ir *ig*, og – uwan sig, nai, ittað werd uvknevlut! Ig will sją̊ um ig minnes ollt slaikt ig wiss åv för. Fåmm sją̊: fiuorer fämm gaungg werd tolv, og fiuorer sjäkks gaungg werd trettą̊, og fiuorer sju gaungg werd – uwan sig, ollder kumb ig upi tiugu upą̊ ittað wiseð! Män ig al it bryll mig auti nogum gaunggertabell – ulum biuoð til min djiografi. Wą̊tt du bara: London ir uvuðstaðn i Paris, og Paris ir uvuðstaðn i Ruom, og Ruom – nai, tuok, nų ir eð gra'nn brott i tuok atte! Ju ju, eð ir boð wisst og sannt, ig ar uort brottby'tt min Mabel! Fåmm sją̊ nų um ig dug drag et minnes mig *Og ðaiti buðum ig war ferstå'ss*." Ą̊ stelld sig og krosseð nevum sos edd ą̊ að ulað les upp ien lekksa, og byrd ą̊ les upp; män eð lit sos edd ą̊ að apt gumsåsn, og uordą̊ kam it sos dier brukeð:

> *"Og ðaiti buðum ig war ferstå'ss,*
> *um ittað al ig nų rima.*
> *Fer muna yöpt mes ig twä'dd ien gą̊s*
> *ig ulld stað lär åna sima!*

*Män tjynär rota: dier miend ig edd
að ulað aut etter taðun
og duon sä til diem ien muosåbedd
dar ðaiti tektn nest laðun.*

Nai, ittað ir ðä ätt rett uordä", lit Alice, og å fikk full ogu i
tårum i ðyö å jällt å: "Ig må fel wårå Mabel ukað so ir, og ðä
fär ig luv byddj i ändar liuot lisslstugun, og åvå mjässt ingg
läkur uonå mig å ðyö, og noð mikkel lekksur leså! Nai, nu wet
ig ur ig al fårå: um ig ir Mabel, sta'nner ig kwer niði jän! Dier
få djienn rek niði ovuð og yöpa: 'Kåm upp atte, kulla!' Ig will
bar kuogå uppi og sai: 'Wänn ir sä ig fer ie! Saiið mig eð fuost,
og sä um ig liker wårå å, will ig kum uppyr, um itte al ig stä'n
jän tast ig ar uorteð nogu eller.' Män uwä", yöpt Alice og fuor
ollt i seð graina, "um dier bar ändä edd wilað rek niði ovuð!
Eð ir so uvändes klient wisslas jän spritt siuov!"

Mes å sagd ittað såg å niðä nevå sain og wart gra'nn iaipläpt
mes å såg å add sett å sig ienndier åv diemdar små wait
djietstjinnsanskum Kaninäm og itt gäeð dyö. "Ur *ar* ig bellt
war guoðtil set å mig an", ugst å, "ig mätt dåfel ollder að uort
minn atte?" Å rai'tt sig og fuor ðaitað buordä og willd mäl
eter ðyö ur laungg å war, og ðä wart å iwari å war mjässt tuo
fuot laungg, og å fuortsett minnsk wänest; og snärt wart å
iwari eð kam sig åv suolfjäðern å add i nevåm, so å twersleppt
än, lagum bigo sig so å ulld it gra'nn ferswinnas.

"*Welest* ig kam dä undä isan gaundjin!" yöpt Alice, laivredd
isjär twerferwandlindjä män wänest faingin ukað so war få
niuot laiv. "Og nu ir eð willdest kringg sig auti trägardn!" lit
å og kåi'tt straiðest å dugd atter att að diemdar smådörum.
Män uwä! Dierðar smådörär war ätteppter atte og andar lissl
gullnytjyln war upå glasbuordä gra'nn slais og för. "Ja, nu ir
eð werr eld nossn", ugst andar wissl krippin "– ollder för ar
ig weð laik litä og ig ir nu – nai, ollder! Eð ir ðä so uvknevlut,
so ig wet it ur ig al dugå bigo mig!"

Just mes å sagd ittað, rännd eð undå än fuotą og å låg niðer
rað weg og glott nið i solltaðwattneð änd upað akun. Fuost
ugst å å add ittað å foll auti aveð upå noð wis; "og ðå ir eð
wänest litt fårå å tuä iem", ugst å. (Alice add bar iessn mä å
add weð til werið nest avį, og å add faið för sig an ollstaðs eter
strandn sir noð mikklų småbaðaus frammin avį og krippą so
gråvå i sandäm min wiðåspaðum og noð mikkel stugur að
baðturistum, og ðaitånað diem ien iennwegsstasiuon.) Män
nų wart å ollt i seð iwari å war mitt auti åmdar tårluotjäm å
add grinið mä å war ni fuot laungg.

"Auw, um ig edd då bar it að grinið so uvliuo'tt!" lit Alice
mes å sam dar att og framm so wið og boð til djärå sig nogų
råð kum uppyr wattnä. "Nų får ig uolld dyö, ugser ig, og
drukkin auti mainum iegnum tårum! Mjässt sos wär eð
åwaisst! Eð ir wänest underlit – män eð ir noð underlit min
oll so ir i dag."

Min dyö sumu ärd å noð so skwätäð til auti wattnä, įtt so
launggt frå, og å sam nämmer, fer å war brygd få sjå wän
slaikt mund sä wårå fer noð. Fuost ugst å um eð edd kunnað
wårå nogär walross eld og ien fluoðesst, män sä kam å ijug ur

litä å siuov war, og snårt wart å iwari eð war bar ie litä maus, so add glutteð nið i wattneð boð å og.

"Truo um eð wär að noger sai noð að isjär lisslmausn?" ugst Alice. "Ollt ir so underlit niðåmin jän so ig wär it brygd noð um å edd dugåð glåmå; ukað so ir wär eð it uvskaðulit biuoð til." So å annlainggd edar lisslkretjeð og lit: "*O maus, ir ðu guoðtil sai åv fer mig ur an al tågå sig uppyr isumjär watuluotjäm? Ig ar summeð ollt ringgum auti jär mettan mig, o maus!*" (Alice ugst an ulld glåmå so wið ien maus; ittje add å nufel gart eð ollder för, män å minnd å sig å add lesið isu uordä i bruoðer sainumes latingrammatitje: "*ie maus – umm ien maus – að ien maus – o maus!*") Mausä bögleðs å ån og såg aut bryll sig noð grandeð; å syöks blakk iendier lisslogä sain män lit it wið.

"Kanstji å ferstår it ingg dalska", ugst Alice; "eð ir naug ie franskmaus so ar kumið juot min Jean Baptiste Bernadotte." (Ändå add it Alice lag å noð når ittað add ännt, fast å wiss so mitjið frå isstorun.) So å byrd å et nyeðs: "Où est ma chatte?" Ittað war fuost mienindjä i fransklesubuotjin ännes. Män mes Mausä ärd eð, djärd å kautn uppyr wättnä og skåv i iel kruppäm, so redd wart å. "Uwą, will du ferlåt mig!" tweryöpt Alice til, wänest för ðyö fer å add feð og gart aut sig min dyöðar lisslkrytyrą. "Ig add durk glämmt åv du liker it massą."

"Liker it massą!" lit Mausą og ärdes aut frutt. "Edd *du* likað massą ðu um du wär ig?"

"Eð lär ig fel it edd gart", suoräð Alice so iegsklin og boð til lukkas wið ån. "Wari it jälåk å mig noð. Män ig edd bra djienn wilað lat sjå ðig massan uonn, Tiri. Ig truor ðu edd kumið te tyttj umm massą, um du bar edd faið sjå åna. Å ir so frek og gutun", sagd Alice fer sig siuov mes å sam so små'tt auti luotjäm, "og å sit nest brasun og kurrer so gutut mes å slätjer sig um tassą og twär sig i kråi'ssä – og å ir so blot og guoð åvå upi kni'mm – og å ir so snettelin tågå måisär – auw, ferlåt mig!" yöpt Alice et nyeðs, fer nų byssteðs Mausą so å wart gra'nn loðin, og eð war it undrändes å – å war liuota frutt. "Ulum it glåmå um ån noð mjer um eð plåger ðig."

"Ulum *wįr* it?" yöpt Mausą og skåv änd auti rumpändam. "Edd *ig* wilað glåmå um nog slaika? Ųor släkt ar olltiett weð *liuotwið* kattum – iet slaikt liuotųotägt dritpagas! Lat då it mig ollder mjer få är nammneð dierases!"

"Du al då wisst slipp dyö", lit Alice wänest illswaiðänd wänd umm blað. "Kanstji ðu tyttjer umm – tyttjer umm – rakką?" Mausą suoräð įtt noð, og Alice gav å so ekkster: "Amm ien so uvändes gutugan ien lisslrakk gra'nn innað uoss; um ig bar edd faið lat sjå ðig an! Ien gravswainsrakk min klårų oga, og ukað launggt knulldrut brunår sä! An kåiter etter olla, fast windum dyö launggan weg, og sit å etterfuotum og wines jätå, og ymsą eller lyölit – ig dug įts minn å mig elptn – an ärer ienum buond til; og ðu al witå buondn ser ittað lisslkretjeð djär so mitjið gaungin so eð ir wert undraðtals åv kruonum! An ser an bait ijel oll rottur og – auw!" yöpt Alice so för ðyö, "nų ar ig sakt fruttað ån et nyeðs!" Fer åðar lissl Mausą sam åv frå̢ än straiðest å̢ dugde og dunäð og fuor so luotjin wart gra'nn grumblun.

Då̢ yöpt Alice etter än so iegsklin og låg å̢ må̢leð: "Tjär lisl-Mausä̢ mą̢i! Kåm atter ir ðu frek, og ig luvär aut ulum it glåmå noð mi̢er um massą̢ og rakką̢, ðar i̢tt du liker ðiem!" Mes Mausä̢ ärd ittað wänd å̢ og sam atter att. Å̢ war gra'nn bliek um ogu̢ ("bar fer å̢ war so armsn", ugst Alice) og ärdes aut boð låg og stjå̢vänd å̢ må̢leð: "Farum et lands, og ig will sai åv isstorun main fer ðig, so kumb du te ferstå wiso ig ir so liuotwið kattum og rakkum."

Eð war i̢tt uvbit`` uvbitaið noð kum uppyr ðar frå̢, fer eð add uort full luotjin i fuglum og krytyrum åv ymsum slagum so add rännt niði: dar war ien knaipe, ien drå̢ntfugel, i̢e papigå̢j og ien örnungg og noð mikklu̢ eller underligu̢ krytyr. Alice fuor i främst fluä̢, og iel uopin sam et lands.

Caucus-koppkåitnindjä

Eð war ðǫ mjog ien lyölin uop so add stakkaðs dar inǫ landä – fuglär min gainumwåtų, aðplesstjaðų daungin, fiuorfuotaðkrytyrǫ so liep åv pellsäm ǫ, oller blätwåter, frutter og misnyögder.

Fuost spuord dier sig ferstå'ss ur eð ulld go til werd tuorr att. Um eð djingg dier i råðe, og etter nog stjyör ugst Alice eð war fel gra'nn sos eð ulld sittj dar og glåmå i lag min diem sos wär ðier gambel bikanter. Ja, ǫ glämäð noð laindj wið Papigǫjų, so wart fertuorvað að slutǫ og sagd it otǫ: "Ig ir gambler eld du og mǫ fel ul åvå willder lag ǫ." Eð willd it Alice olld minn um, um įtt ǫ fikk rieð ǫ ur gåmål ǫ war; og etersos Papigǫjǫ willd it sai åv dyö, war eð įtt að ingg sai noð mįer.

Mausǫ, so ärdes aut war siuovin i isum uopäm, yöpt að slutǫ: "Tjär ärrskap, ig bið ið settj ið og är ǫ mig! *Ig* will stell so werdið gra'nn tuorrer i rappeð!" Dǫ sett dier sig oller i ien waiðuman krindjel og Mausǫ mitt inni. Alice såg ǫ ðiem liteð wið, fer ǫ ugst ǫ kam te kum för snorkelindjä um įtt ǫ wart tuorr att wänest strai'tt.

”Då so!” sagd Mausą og ärdes aut stur å sig. ”Irið rieð oller? Ittað ir min tuorrestą ig wet sai noð um. Ig bið ið war gra'nn tyster, kelingger og kaller. Ärið å mig nų! 'Snąrt ly'dd ainggelsmännär Wilhelm-Erövreram, so påvin add äpeð – ainggelsmännär, so inggan add fråmåni storäm, og so jär i åðs add uort uvändes autsetter fer fiundam, so add rustað og ferið i landą. Ieðwin og Morear, jarlär i Mercia og Nordumbriän –'”

”Uwan sig!” sagd Papigåją og war so å skåv.

”Ą?” lit Mausą og rynnteð änną män ärdes aut wänest artin. ”War eð du so sagd noð?”

”Nai, ittje war eð ig”, twersuoräð Papigåją.

”Oo? Ig tykkt so”, sagd Mausą. ”Då fuortsetter ig. 'Edwin og Morcar, jarlär i Mercia og Nordumbriän, lit dier willd stand et rieðs fer åm, og siuov Stigand, Erkebisskuppin og fųosterlandswänn frą Canterbury, fann dyö war gå'llit –'”

”Fann *wänn?*” lit Knaipin.

”Fann *dyö*”, suoräð Mausą, mjog frundun; ”sakt lär ðu fel witå wän so mienes min *dyö*.”

"Ig wet sakt wänest wel wän so mienes min *dyö*, dar *ig* fið noð", lit Knaipin: "mjässt åv ir eð ien tuossk eld ien makk. Män nų spyrum wįr uos wän Erkebisskuppin fann fer noð."

Mausạ̈ ännst it iss frågun noð, otạ̊ kringgeð sig saia: "'– fann dyö ant umm i lag min Edgar Aðelingg wårå Wilhelm et lags og biuoð åm kraungnų. I byrånändam war Wilhelm uvändes wä'n. Män normannär war sturer ạ̊ sig –' Og ur gor eð fer ðig nų ðạ̊, lislwänn?" fuortsett Mausạ̈ og bögleðs daitạ̊ Alice.

"Uwan sig, ig ir gra'nn laik wåt og för", suoräð Alice og ärdes aut so autsett. "Edar syöks dạ̊ it tork mig įtt noð eð ittje."

"Äränd dyö til", sagd Dråntfugeln so röseli og rai'tt upp sig ạ̊ fuotą, "so tyttjer ig ulum slut min iss myötą̣ og rað weg tag að uos farninggär so go mįer min fas –"

"Glämä so eð gor ferstå ðig", sagd Örnundjin. "Ig wet įts wän so mienes min elptäm åv ollum diemdar laungguordum dyö, og ig ugser ðu ar it lag ạ̊ ðyö noð du ellde!" Og Örnundjin rak niði ovuð, fer įtt indjin ulld werd iwari an grạ̈stes, i lag min dyö oðer fuglär sturskwäpäð so ðier syöks ränn yr.

"Eð ig jällt ạ̊ djiet ạ̊ ulldum", fuortsett Dråntfugeln og ärdes aut mjog frutt, "og so wär willdestað werd tuorrer åv, wär įe *Caucus*-koppkạ̊itningg."

"Og wän ir ðạ̊ sạ̈ įe *Caucus*-koppkạ̊itningg fer noð", spuord Alice etter, ittje fer ạ̊ uondeð eð otạ̊ bạr fer Dråntfugeln tagd åv og til, sos edd an wạ̈ttað *nogär* edd ulað sai noð, fast įtt indjin eller syöks war lutin låt wið.

"Juu", sagd Dråntfugeln, "oll willdestað dar an will ferklar noð ir an djär eð." (Og edd du lystað biuoð til min dyö siuov nån witterdag, will ig sai åv ur Dråntfugeln bar sig að min dyö.)

Fuostað an djärd war ståkạ̊ aut ien koppkạ̊itninggsban so war laik ienum kringgel i fasuon – ("Eð ir it so liuotnųog min fasuonäm", lit an) – og so iel uopin fikk stell sig ạ̊ rað eter, ienn jän og oðern dan. Įtt indjin yöpt "iett, tau, tråi – kåitir!", otå ðier kåi'tt wer og ienn eter maktn og sluteð eter maktn, so eð war wänest klient witå når eð war yvyrað min koppkåitnindjin. Ukað so war, sniässt dier add kåi'tt dar slaiker i nån åvtaim, yöpt Dråntfugeln ollt i seð: "Nų ir eð yvyr min *Caucus*-koppkåitnindjin!" Og sä nä'ddes dier ringgum an oller, kaipänd og puständ, og undreðs å: "Ukin wann?"

Iss frågų war it Dråntfugeln guoðtil suorå noð å feld an add funndirað etter wänest, og an wart sittjänd noð laindj og puotäð sig upi ännä min piekfinggrä (gra'nn laikt og Shakespeare far mjässt åv å ðiem målaðkallum so irå åv åm), mes oðrär war ðar gra'nn tyster. Að slutä fikk an yr sig: "*Oller åvå uonneð, so oller få luv få prisä.*"

"Män ukin al då sä byt aut diem?" undreðs ien iel kör åv krytyrum å.

"Ju, å ferstå'ss", sagd Dråntfugeln og piekt daitä Alice min iendier finggrä, og ðå sambleðs iel uopin ringgum åna, og yöpt gra'nn ferwillaðer: "Prisä! Prisä!"

Alice wiss då gra'nn įtte ur å ulld dugå bigo sig; og autsett sos å war rak å niði nevån niði fikkų og fikk uppyr ien karamellbutt (welest an add it uort skåðåð noð åv solltwattnä) og by'tt að diem karamellum fer prisä. Eð war iemmt umm eð rakk įe að werrum i uopäm.

"Män å og al fel åvå iet pris, tjäre ðu", sagd Mausä.

"Eð ferstå'ss", suoräð Dråntfugeln wänest allwarsamm. "Wän ar ðu ellest fer noð niði fikkun?" spuord an etter og wänd sig ðaitað Alice.

"Bar ien finggerbuoru", suoräð Alice so för ðyö.

"Fåmm jųot ån", sagd Dråntfugeln.

Min dyö sumu nä'ddes ollų krytyrä et nyeðs ringgum åðar lisslkullų, mes Dråntfugeln ieðreð að än finggerbuorų so röseli og lit: "Wilum bið dig tag mųot isjär oðerävera finggerbuorun." Sniässt an add slutað isjär stuttalį urreð dier iel uopin.

Alice tykkt iel isųjär tilstellnindjä war wänest fjågsun, män oller såg aut so röseliger so å tuost it far läa; og ðar å dugd it få til noð passlit swar, bugeð å bar sig og tuog mųot finggerbuorun so andektun um ogų.

Etter eð ulld dier jätå karamellur sainer, män sä wart eð wäsneð og ųofriðn et nyeðs, fer sturfuglär klägäð sig fer ðier dugd its småkå ðiem dyö, og að småum fassneð dier niði åsäm og an fikk luv dunk til að diem attri ryddjäm so ðier ulld it ränn yr. Män säs ittað og add uort gart, sett dier sig et nyeðs i ien waiðuman krindjel og willd Mausä ulld sai åv nog mįer fer ðiem.

”Du luväð aut sai åv isstorun dain fer mig”, sagd Alice. ”Og sai åv wiso ðu ir so liuotwið *k.* og *r.*”, lagd å að og wisäð, fer å war wið Mausä ulld werd frutt atte.

”Bördä ig får luv bjärå ir boð laungg og liuotklien glåmå um”, lit Mausä og kuogäð daitå Alice og liuotsukkeð.

”Ja, naug ir å sakt laungg”, tykkt Alice og bögleðs gra'nn iaipläpt niðå mausrumpu, so å, upå noð underlit wis, blandeð ijuop min *börðn* Mausä glämäð um; ”män wiso edd å ulað war bidrövlin?” Og ittað stelld til slaik ovuðsbråk að än änn mä Mausä glämäð, so eð so kam frå birettelsä wart sånä:

                ”Tiger lit
                    að ien maus
                        daitwið Tigeres
                        aus: 'Nest
                            Sturbuordä
                                nu settjum
                                    nið uos
                                    du og ig,
                                so al du
                                få sjå – ig
                            min prusessäm
                        byrer å!
                    Ig fuost
                al dig
            stämna –
            og sä
            dyöm
            i fel dig!'
                Gav mausä
                    fer swar:
                        'Eð dug
                            it edar,
                                fer boð
                                    nämdä
                                        og duom-
                                        er lär
                                        fel sä
                                    wårå
                                åv
                            nöðn!' –
                        Naug
                    lär
                du
                werd
                stämd
                ig
                    ir
                        boð
                            duomer
                                og
                                    nämd.
                                        Ig
                                    dyömer
                                dig
                            nu og
                        duomin
                    dänn
                ir
            döðn.'

"Du ärer ðą̊ it ą̊ wän ig ser fer noð", sagd Mausą̊ að Alice og ärdes aut so frän. "Wän funndirer ðu auti?"

"Ig bið um ursekt", sagd Alice so tillätn og lin ą̊ mą̊leð. "Du add just kumið daitað fämmt knautäm, truor ig."

"Wän far ðu auti?" yöpt Mausą̊ strainggd ą̊ mą̊leð. "Eð fätäs du edd að ärt ą̊ mig, eð i̯tt du ar. Dar amm wi̯r knautn!"

"Ien knaut!" sagd Alice, so olltiett war rieð jå̊p ollum, og så̊g ringgum sig mjog u̯ofriðun. "Auw, *ann* beller fel ig fą̊ knå̊it upp að dig!"

"Eð lat du sakt wå̊rå̊!" lit Mausą̊ og rai'tt sig og fuor. "Miener ðu frutt mig min slaik tolglam!"

"Auw nai, wisst dą̊fel i̯tte", yöpt wissl-Alice til og ärdes aut wil lukkas wið ån. "Män du ir fel so skammstjyör, tjär Maus."

Mausą̊ bar murreð og suoräð it noð.

"Kå̊m atter att ir ðu frek, so få̊mm är ur birettelseð sluter!" yöpt Alice eter än, og ollerijuop yöpt dier og ą̊ sumu gaungg: "Jaa, edd du wilað war so frek og djärå̊ so!" Män Mausą̊ bar skäkäð obbdä liteð u̯onå̊ðun og kringgeð sig i weg.

"Ur klient eð war ą̊ willd it stą̊'n!" sukkeð Papigå̊ją̊ sniässt ą̊ add ferið, og i̯e gå̊mål krabbkelingg passeð ą̊ sai að duotter sain: "Uwan sig, tjär krippin männ! Tag i akt ittað, so i̯tt du ollder werd laik ykklun og truttun!"

"Män tjär, teg dą̊, mun!" suoräð unggkrabbą̊ liteð wiktun. "Du edd naug du boð weð guoðtil djäv rimmin sund tuolmu̯oðskuppam ien uostrå̊n og!"

"Um ig bar ändą̊ edd apt Tiri u̯or jär!" yöpt Alice og wend it sig að nogum särstjildum. "Ą̊ edd faið ju̯ot Mausą̊ att i rappeð!"

"Og wän ir Tiri fer i̯e, um ig tuos far spyr etter?" lit Papigå̊ją̊.

Alice suoräð so ekkster, fer ą̊ likeð olltiett fą̊ glå̊må̊ um elsklindjin sänn. "Tiri ir fel massn u̯or, wet ig, og dugið ollder förestell ið ur straið ą̊ ir tå̊gå̊ må̊isär! Auw, um eddið bellt fą̊ sjå ur å kåiter eter fuglum! Ja, å jät upp ien lisslfugel laik strai'tt og å sir an!"

Mes dier ärd ittað fuor ðier sjå aut wänest ųofriðuger oller. Summer åv fuglum kringgeð sig åv rað weg. Ịe gåmål stjier byrd å liteð små'tt lind ringgum sig tråiur og kappų sain og lit: "Eð wär naug it uvbitaið noð djävå sig åv iemat, nåtluptä ir it noð warun fer åsäm að mig!" Og ien kanarifugel skåv å måleð mes an yöpt að unggum sainum og lit: "Kringgið ið og kåmið, kripper, eð ir naug tið på et sainggs að ollumijuop." Wer og ienn itteð å yms ursekter so ðier ulld bell djävå sig åv, og snạrt add dier feð frå Alice ðar spritt siuov.

"Auw, um ig bar edd að tagt um Tiri", lit å fer sig siuov og ärdes aut so liuota för ðyö. "Niðåmin jän sir it indjin aut tyttj umm ån noð, og ändå ir å besst massn so ir i iel wärdn! O, Tiri mại, ig undres å um ig får sjå ðig nossn mịer!" Og sä fuor wissl-Alice grain atte, fer å war so uvändes ịesum og ieðlos. Män etter ien stjyör fikk å är ur noð pjätäð å liteð atte, sos wär eð tepplär noger brotter. Å såg upp ogum og uppeðs åvwegs Mausä edd ändrað sig og wär å weg atter att og sai åv ur birettelseð sluteð.

KAPITEL IV

Kanin stjikker upp Lissl-Jugå

Ð war Wait-Kanin so kam teppländ atter att so siðuli og bögleðs ringgum sig wänest ųofriðun, sos edd an lie'tt eter noger. Alice ärd ur an mumbleð fer sig siuov: "Ertiginną! Ertiginną! Uwą, tassär mainer! Uwą, loðinärų og munntasä mainų! Ą lär fel kumå te ev ijel mig, so wisst sos twer og twer irå fiuorer! Um ig bar edd då witåð war ig tappeð diem noger!" Alice djietäð å rað weg an lie'tt eter suolfjäðern og ðiemdar wait djietstjinnsanskum, og å byrd å liet eter ðiem i ollum råum å og, wilað jåp til sos å war uoni. Män dier fanntes įtt werra — ollt syöks að uort oðerwais säs å sam auti watuluotjäm; og andar stursaln, og sumuso glasbuordeð og smådörär og, war gra'nn brotte.

Mes li'tt add werið wart Kanin iwari ändar lisslkullun so kåi'tt dar og syöpleð, og an yöpt að än og ärdes aut so frutt: "Wän uolld? Marit, wän djär ðu jär? Dra ðig djienest i weg iem etter ien pari åv anskum og ien suolfjäðer að mig. Djienest, ärer ðu eð?" Då wart Alice so redd so å drust åv rað weg að dyö olldä an add piekt og boð įts til ugs umm rett til tuokugað an add gart dyö.

"An truo'dd ig war pigą os", ugst ą mes eð bar åv. Ur an kumb te werd upi gåp dar an fąr witå wän ig ir fer įe! Män eð ir willdest djävå åm suolfjäðrą og anską – um ig fið att diem." Mes ą sagd ittað kam ą ollt i seð daitað ien fin og lissl stugu. Ą dörum að änner war eð ien glimändes mesinggplåt, og ą ån um war nammneð "W. KANIN" innskuorið. Alice fuor inn og knakkeð it noð otą kåi'tt upter trampum, wið ą ulld råk åðar riktug Marit, so lärd fel að tjyört åv ån iną ą edd dą að faið i suolfjäðrą og anską.

"Naug ir eð fel boð underlit og", ugst Alice, "ig al go ärändä að ienum kanine. Järnest lär fel boð Tiri ul buoðå mig og!" Og ðą fuor ą ugs auti ur ittað mund ul go til: "'Frökän Alice, kåm jųot og set ą ðig, ulum aut og promenira!' 'Kumb i rappeð, lisslpigą maį, män ig fąr luv wakt itaðjär rottuoleð tast Tiri kumb atter att, og pass rottų so įtt ą kumb aut!' Män ig ugser", lit Alice, "dier edd dą it apt kwer Tiri i ausą um ą edd kunndirað fuotjeð slaik!"

Mes ą glämäð kam ą inn i iet liteð fint ruom dar so eð war iet buord nest glasį, og upą buordä war eð, sos ą add uppaðs, įe suolfjäðer og tau eld tråi par åv nogum wänest smąum waitdjietstjinnsanskum. Ą tuog suolfjäðrą og iettdier åv anskparum, og just mes ą ulld far aut yr ruomą wart ą iwari ien lissl flassk innwið spailan. Isan gaundjin war eð it ąkliemað indjin lapp so war skrievað "DRIKK MIG" ą; män ą tuog yr kurtjin ukað so war og lot að flasskun að leppum. "Ig wet eð werd olltiett noð ųowanlit", lit ą fer sig siuov, "wessn ig jät eld drikk noð; fåmm sjå nų wän isų flasską steller til fer noð. Ånnä bið, edd ą wilað djärå so ig wekkser og werd stur atte – nų ar ig ðą weð litą og tanun mettan mig!"

Og so djärd ą og, liuotest ą dugde, og mitjið straiðer eld Alice add wąttað. Iną ą add uonneð drikk mield elptn åv dyö kännd ą ur ą dunkeð uppi ovuð upi tatjeð, og ą fikk luv twerkryppas, so å ulld it briuot åv sig nakkan. Gra'nn nipin stelld å frå sig flasską og lit: "Eð war mjereld naug – edd ig ðå bar it wekkst noð mjer – ig kumb ðå jts aut gainum dörär noð laingger ðyö. Auw, um ig edd då it að druttjeð gra'nn so mitjið ändå!"

Skaðulit naug war eð gra'nn uvsient yönstj sig noð slaikt. Å wekkst mjer og mjer og fikk luv kriuop niðå guovä að slutä. Etter noð tag wart eð uvtraunggt að än ukað so war, og å boð til legg sig min ienndier abugån mųot dörum og oðer armin ringgum ovuð. Män å wekkst bar mjer og mjer, og snąrt war eð it inggų eller råð eld rek aut ienndier armin autgainum glaseð og rek uppi ienndier fuotn uppgainum skrauvin, og å lit: "Nų wet ig it ur ig al bjärå mig að noð mjer, uonde wänn so werd. Eð ir sos edd eð avdaðsað. *Wert* al eð tag land fer mig?"

Welest åðar lissl tryllflasską add syökt än ollt å add dugåð, so Alice wekkst it noð mjer. Män å add ändå kumið auti ien riktugan mysudieg – eð såg aut sos edd å it ulað tågå sig autyr iss ruomä noð mjer, og eð ir it undrändes å å war wänest nipin.

"Eð war sakt mitjið däler iema", ugst wissl-Alice. "Dar wekkst an it og wart styörr og minna umm wertanað, og ðar rak it mig nog måiser eld kaniner framter og atter! Edd ig ðå bar jtt ändå að feð niði edar lissl kaninuoleð – män – män – eð gor ðåfel it naik að dyö, ittað ir branaug lyölit war minn um. Ig undres bar å wän so ar kumið að mig! Mes ig las sagur og äventyrä truo'dd ig it noð slaikt edd kunnað änd nogum, og jär ir ig nų siuov i ien slaik triruolig äventyr! Nogär edd ulað skriev ien buok um mig – ja, eð edd nogär ulað! Ig al skriev ien siuov sniässt ig ar uort stur – män ig *ir* fel stur", lagd å að og ärdes aut so för ðyö; "eð ir ðå durk jtt noð ruom *inn jär* wekks noð mjer."

"Män", ugst Alice, "kumb ig *ollder* te werd gambler eld ig ir nų? An får ugg sig wið eð upå noð wis – ig kumb ollder te werd

įe gamptkelingg – män – får ig olltiett luv leså lekksur? Uwą,
eð wär ðą įtt noð lyölit, eð, ittje!"

"Män ur beller ðu war so tolun, Alice!" sagd ą wið sig siuov;
"og ur edd du weð guoðtil leså nog lekksur jär? Du ryömes dą
mjässt it siuov – war edd sä byökär ulað wårå?"

Upą ittað wiseð glämäð ą framm og framm, änn frą iendier
olldä, änn frą oðrą, so eð wart börgt įe glamu åv dyö; män
etter ien stjyör ärd ą ur nogär glämäð autfer, so ą tagd fer ą
willd är ą.

"Marit! Marit!" yöpt nogär. "Etter anskum mainum djienest
rað weg!" Etter eð ärdes eð ur eð småteppleð autą tinnum.
Alice wiss eð war Kanin, so kam og lie'tt eter än, og ą fuor
stjåv so iel stugų skäkäð, fer ą add glämmt åv ą war tusn
gaungg styörr eld Kanin nų og durk įtt byövd war redd an noð
laingger.

Min dyö sumu kam Kanin framað dörum og willd tep upp
diem, män dar dörär tepptes inn, og Alice sty'dd sig ollt ą
dugd min abugåm mųot diem, misfuors eð min dyö. Ą ärd an
sagd liteð tyst: "Ja, ðą far ig fel autringgum og inn gainum
glaseð."

"Du djär ðå so mjog!" ugst Alice, og säs å add bai'tt tast å tykkt å ärd kaninstiä under glasi, rak å ollt i seð aut nevån og farmeð i los weðrä. Ittje fikk å nufel i noð, män å ärd ur nogär skräkt til liteð swaguli og etter eð noð so fjäll og noð so skrappleð, sos dar glaseð far sund, og fer ðyö war å säker Kanin add råsåð niði ien plämptlåvå so ðier add gurkur eld noð slaikt i.

Gra'nn etter eð ärd å ur Kanin sagd, jälåk å måleð: "Jugå! Jugå! War ir ðu noger?" Og noð eller mål, so add it ärdas ollder för, suoräð: "Jän ir ig, nåðug patruon, ig grav fel eter epplum, wet ig!"

"Wänn! Grav du eter epplum, fugat danä!" yöpt Kanin ferargað. "Kåm juot rað weg og jåp los mig frå *issa!*" (Et nyeðs ärdes eð sos frå nog glasi so fuor sund.)

”Seg åv fer mig wän eð ir fer noð upi glasį uppå ðan, Jugå!”

”Biwaran sig, eð ir fel ien arm wet ig, nåðug patruon!”

”Ien arm, tuokstöll! Ar ðu si’tt nån slaikan uvliuo’tt sturan arm nossn? An fyller fel att iel glaseð!”

”Ja, naug djär an fel so, nåðug patruon; män ien arm ir eð ukað so ir, og įtt noð eller.”

”Ja, so eð ir, män an ar ðåfel įtt noð djärå ðan – umstað ev undå an!”

Etter eð war eð tyst noð laindje, og Alice ärd bar ur eð wisäð swaguli framm og framm, laikt issa: ”Uwą, nåðug patruon, ig tyttjer ðå it umm ittað noð!” – ”Fari sos ig ser að dig, fisiläv danä!” Etter eð rak å aut nevån et nyeðs og farmeð i los weðrä. Isan gaundjin ärdes eð *twer* so skräkt swaguli og ur ändå mįer glas fuor sund. ”Eð får luv wårå mikkel plämtlavir jär”, ugst Alice. ”Ig undres å ur ðier mien fårå järnest! Dier syöks war tainkter tugå aut mig gainum glaseð. Ånnä bið, edd dier bar dugåð! Ig ir it mörnað war kwer jär noð laingger.”

Å ly’dd ien stjyör män wart it iwari noger mįer. Að slutä ärdes eð ur eð rambleð sos wär eð småų trilljuol og sä målä å noð mikklum so glämäð oller å sumu gaungg; å fikk bar i isų uordä: ”War ir oðer stitjin?” – ”Ig ulld fel it tag minn mig otä ienn. Jugå ar oðran! Jųot min an, Jugå! – ”Rai’tt dait an að knautäm dan” – ”Nai, baið liteð og knåit ijuop diem fuost – dier nå įts åvwegs uppi änn dyö” – ”Auw, ittað rekk fel wel til. Eð ir įtt að ingg war uvnųog ellde.” – ”Jän sjå, Jugå, få i riepeð” – ”Olld tatjeð?” – ”Pass åðar lostigelpannų – ”Uwą, å lossner! Passir skollą niðåmin dan!” – (Min dyö sumu liuotbräkäð eð til.) – ”Ukin fuor sånä?” – ”Eð lärd fel war Jugå, wet ig” – ”Ukin al sä far nið gainum skrauvin?” – ”Dåfel įtt *ig* ittje! – ”*Du* beller!” – ”*Eð* djär ig ðå suoprient *įtte*!” – ”Sä får fel Jugå fårå” – ”Jän sjå, Jugå! Patruon ser ðu får gryvel åv nið gainum skrauvin!”

”Jasso, eð ir Jugå so al kum nið gainum skrauvin”, lit Alice wänest tyst. ”Dier syöks ev að ånum ollt so ir – ig edd då įtt

wilað byt min åm fer alldrigän eð. Jälldstaðn ir mjog traungg, sir eð aut, män ig *ugser* sakt ig ir guoðtil spienn til noð grandeð."

Å tugäð nið fuotn gainum skrauvin ollt å dugde og bai'dd tast å fikk är noð lisslkrytyr åv noger (wän eð war fer slag dugd å įts djiet å ðyö), og sä rambleð eð og skräpäð eð ini skrauväm gra'nn uvånað än. Då lit å tyst: "Ittað ir Jugå." Og sä liuotspann å til, og bai'dde, fer å willd witå wän eð ulld werd järnest.

Fuostað å ärd war ur ollų krytyrä yöpt i lag: "Dan fliuog Jugå!" Etter eð ärdes måleð å Kaninäm: "Tagir um and ið an niðåmin dan ið, nest buosskum." Eð wart tyst atte; sä ärdes eð et nyeðs ur ðier yöpt liuota illsetter: "Olldir upp obbdä að åm" – "Lit åv brändwini" – "Farir it so an far og stråipner, ur änn." – "Ur ir eð min dig, tjär bruoðer? Ur djikk edar til? Seg åv fer uos ir ðu frek!"

Að slutä ärdes eð nogär so gnoll swaguli å måleð – ("Eð ir Jugå", ugst Alice) –: "Ja, eð wet ig mjässt įts siuov dyö" – "Tjär tokk, tokk, įtt noð mįer; ig mår willdera nų – män ig ir so yörumin uppunder ettun änn, so ig ir it guoðtil sai åv įtt åv ingga – ig wet bar nogär trullskapnað åv noger dunkeð til að mig niði ðan, og sä small eð åv min mig slais ien rakiet!"

"Ja, naug djärd eð sakt eð, påik!" sagd oðrär.

"Fåmm naug luv fest i stugų!" yöpt Kanin. Då fuor Alice skrätj liuotest å dugde: "Djärið *eð*, pusser ig å ið Tiri!"

Då wart eð liuota tyst, og Alice ugst innum sig: "Ig undres å wän dier mien stell til min nų ðå! Edd dier apt noð grandeð lag å, edd dier lyptað åv tatjį." Mes li'tt add werið fuor ðier brågå et nyeðs, og Alice ärd Kanin lit: "Iet rallertjärrlass edd kunnað wårå sig um lag, te far byr min."

"*Wänn* fer iet lass?" undres Alice å, og snąrt fikk å witå eð, fer i rappeð fuor eð skarpraingin småstienum inn gainum glaseð so eð knäpäð i, og å fikk åv summum i kråi'sseð. "Ig fąr luv djär änd min issa", lit å fer sig siuov og yöpt well å måleð: "Ig will råð ið slut yr ið slaikt ųotjynn!" Då wart eð liuottyst atte.

Nų wart Alice wänest iaipläpt, mes å wart iwari eð byrd å werd små bakelser åv ollum stienum niðå guovä. Eð flog i ån: "Um ig jät upp ienn åv isum bakelsum, lär eð dåfel djärå *noð* að sturlietjäm mainum, og ðar ig lär fel it dugå werd styörra eld eð ig ir nų, fąr ig luv werd minna, ugser ig."

Ferðyö åt å upp ienndier åv bakelsum, og liuotfaingin wart å iwari å fuor werd minna. Sniässt å add uort so pass kniųort so å tuog sig aut gainum dörär, kringgeð å sig autyr stugun og fikk sjå ien ielan fugeluop og ymsä eller småkrytyr so stakkeðs autfer ðar. Mitt auti uopäm wart å iwari ändar wissl lissl Ålåellun, Jugå. An sty'dd sig mųot twämm marswainum so gav drikk åm noð yr ienum putel. Oller kåi'tt dier å Alice sniässt å add waisst sig, män å sįekeð it sig otå lagd i weg straiðest å dugde, og að slutų war å friðåð ini ien ti'tt grettjrais.

"Fuostað ig edd faið luv djärå", lit Alice mes å wavleð å auti raisä, "wär fą att rett sturlietjin männ og sä biuoð til kum inn i andar finträgärdn. Eð kumb fel te werd sturbra."

Eð war wänest illrokkli og bra auttainkt, eð war bar eð å add it lag å įtt åv ingg ur eð ulld go til. Og ðå min dyö sumu, mes å kuogäð millå trai'mm wänest ųofriðun, ärdes eð ur eð skelld til wellt uvånað skollam að änner, so å kuogäð til að dyö olldä.

Og å wart iwari ienum ųofanteligum rakkwep so bögleðs nið å ån min sturum kringglugum ogum og rak framm og brägäð ienumdier tassäm liteð og syöks it edd witåð um an edd tuoråðs piek å ån eld įtte. "Wissl lisslrakk", lit Alice so lin å måleð, og å boð til wissl að åm so nänneli, män å war uvändes redd mess, fer å kam ijug an edd kunnað war swaungg, og um so wäre, edd an ietið upp ån, edd å alldrigän eð strutjið åm so mitjið.

Fast å syöks it witå ur å fuor, kekkst å ien lisslan pinna, so war niðå bokkam, og rak dait an að wepäm. Ferðyö skot wepin ien kaut ogt upi weðreð min ollum fiuorum fuotum å sumu gaungg og illskräkt – so glað wart an –, og wind sig framter muot pinnam sos edd an mient knåså sund an. Då stals Alice åv attrum ien ogan stinggskall, so å ulld it werd ijeltroðåð. Män sniässt å syntes å oðer saiðun, wind wepin sig muot pinnam et nyeðs og tyld umringg flier gaungg, ekkster sos an war få i an. Alice tykkt eð war sos edd å läkt tjugås og gämas min ienum arbiesesst. Å wätteð å ulld werd ijeltroðåð rett sos eð war, og ferðyö kåi'tt å ringgum stinggskalln et nyeðs. Og wepin twerkåi'tt å pinnan fliergaungg i ðyö an djärd ien lisslan kaut framter og kåi'tt launggan weg atter flier gaungg et nyeðs og et nyeðs upå sumu wis og skelld olltiett skruvlun å måleð, tast an sett sig ien bit frå að slutä, kaipänd og min tunggu aindjänd autyr munnäm, og teppt att ogum åvwegs.

Alice ugst ittað wär iet bra tilfell kum undå, og å liuotkringgeð sig i weg og kåi'tt tast å war gra'nn autferin og kaipänd og ärd ur wepin tjävreð swager og swager noger launggt brotter.

"Og eð war ändå sos oll gutugest lisslrakkwepin", lit Alice og lot sig muot ienum myssmyösbliuomm og tuog att sig liteð og swipäð blaðum os fer å willd suolå åv sig. "Ur lyölit wär eð it lär an nog kunster – bar ig edd weð lagum stur að dyö. Uwa, ur klient! Ig ar mjässt glämmt åv ig får luv wekks atte! Fåmm sjå – ur *al* ig sä bjärå mig að? Noð åv noger får ig fel luv jätå eld drikk, ugser ig, män eð an får luv spyr sig ir: wän wär eð fer noð?"

Ja, "wän wär eð fer noð?" war fel eð an fikk spyr sig. Alice bögleðs ringgum sig å oll bliuomma og grasstränä, män å dugd it sjå itt noð so wär jätänd eld drikkänd sos eð nu war. Eð wekkst ien stur sopp gra'nn innwið ån, mjässt laik og og å siuov; og mes å add kuogåð inn under og å båðum saiðum og attånað åm, flog eð i ån å ulld sjå etter wän so edd funntes uppå åm.

Ferðyö stelld å sig å tönär og bögleðs daityvyr soppkantn, og rað weg fikk å sjå ien stur og blå åma, so såt dar mitt uppå og krosseð armum og rökt ien laungg watupip, gra'nn kwer og ruolin, og ịtt brylleð sig noð auti änner eld noger eller.

KAPITEL V

Rådär Åmun

Jen stjyör bögleðs Åmą og Alice ą wänanan og lit it wið. Að slutą tuog Åmą autyr watupipų autyr munnäm og lit, daurun og ųofrå ą måleð:

”Wän ir *ðu* fer įe?”

Ittað war it indjin oðerglaðir byrånänd ą glamun dieras. Liteð ferlesin suoräð Alice: ”Ig – ig wet då durk įtt eð siuov dyö just nų, ärr – sakt so ig wet wän ig *war* fer įe mes ig kam upp jär i mä'nnäm, män ig ugser ig ar weð minn um uvmikkel ändringger sąss!”

”Wän miener ðu min dyö?” spuord Åmą etter og ärdes aut so strainggd ą måleð. ”Seg åv so eð edd gaið bigrip eð!”

”Ig ir wið ig ir it guoðtil sai åv dyö oðerwais, ärr”, suoräð Alice, ”etersos įtt ig ir ig, sir ðu!”

”Ig sir ðą it eð”, lit Åmą.

”Ig ir wið ig dug it sai åv dyö noð willder”, suoräð Alice wänest artin, ”fer ig ar fel it noð lag ą ðyö siuov, og an werd gra'nn ferwillað dar an byter umm sturlietjäm so kringgt ą ienum dae.”

”Nai, eð werd an dąfel įtte”, sagd Åmą mųota.

”Jasso, du mått it að kännt við åv dyö änn”, suoräð Alice; ”män sniässt du werd pupp iessn – og eð kumb naug te stji, får ðu sjå – og sä fyörolld, då ugser ig eð kumb te kännas noð grandeð underlit, eld ur?”

”Wisst dåfel itte”, lit Åmą.

”Auw, kanstji itt du känner eð upå sumu wis”, lit Alice, ”ig wet dåfel bar *ig* edd tykkt eð wär mjog underlit.”

”Du!” yöpt Åmą og ärdes aut so åstjin. ”Wän ir *ðu* fer ie?”

Å frågą fikk atter glamų að byrånändam. Alice wart liteð frundun fer Åmą war so *sturųobörg*, og ą retteð upp sig og las i baink an so Åmą ulld sją werr laikt war. "Ig tyttjer ðu edd ulað sai åv oll fuost wän *du* ir fer ienn!"

"Wiso?" spuord Åmą etter.

Ittað war et nyeðs įe syöklig fråga, og ðar Alice wart so ferå'dd so ą dugd it fą til noð swar so wär að noger og Åmą syöks wårå so *liuotgrinun*, wänd ą sig undą og willd fårå.

"Kåm atter atte!" yöpt Åmą. "Ig ar noð so wär ant umm sai ðig."

"Edar ärdes fel aut mįer waisst umm", ugst Alice, og sä wänd ą att og kam atter att.

"Wari it sån truttun", sagd Åmą.

"War eð it noð eller ðu willde?" spuord Alice etter og boð til mjässt ą dugd lat wårå werd frundun.

"Nai", suoräð Åmą.

Alice tykkt ą belld lekwel baið liteð, fer ą add it noð eller för sig, og kanstji an edd ändą kunnað åvå noð sai åv so wär noð stjäl minn. An druog ą noð tag og blis rätjpustum og lit it wið, män að slutą rak an aut armą, tuog autyr pipų autyr munnäm og lit: "So ðu truor ðu ar uort ferwänd eld?"

"Ja, ig ir wið dyö, ärr", suoräð Alice. "Eð ir ymsą: ig minnes it sos för – og ig fąr įts av kwer sumu skapnað i ti minut ą ränn dyö!"

"Wänn minnes du it fer noð?" undreðs Åmą ą.

"Ju, ig ar buoðið til les upp *Og ðaiti buðum ig war ferstå'ss*, män eð wart gra'nn oðerwais!" sagd Alice og ärdes aut uvändes för ðyö.

"Tagi og les upp *Du ir gåmål, William-faðer!*" sagd Åmą.

Alice kneppt įjuop nevum og byrd ą sånä: –

"Är å nų", lit gossn: "Ur gåmål du ir,
    upi skollam du ir fel gra'nn grå!
Män stand upå obbdä ðu dug, eð ig sir –
    eð dug ig ðå įtte ferstå!"

"Sos ųomagi liuotwið", lit William, "ig war,
    "fer ienn'n då fikk inggan frið;
ig wätter nų ig inggan ienna mįer ar,
    eð beller so djienn ig go wið."

Og gossn os lit fel: ”Du fasst du ir grå
  og ir ðą so uvändes fiet
dug avut i dörum ien kullderbytt slå –
  seg åv: wiso ir ðu it biet?”

”Ju, iessn”, lit gubbin, ”įe smyra eð war
  so mjąkligan djärd dą fel mig;
ien riksdaler fer buttn, änn ar ig iet par –
  ig beller ðiem stjikk daitað dig!”

”Du ir gåmål”, lit gossn, ”og tautn so klien,
    bar mussl i ðig grötn du dug;
ien gås lekwel swegd du – boð krukks og werrt bien –
    åv slaika ig werd då it slug!”

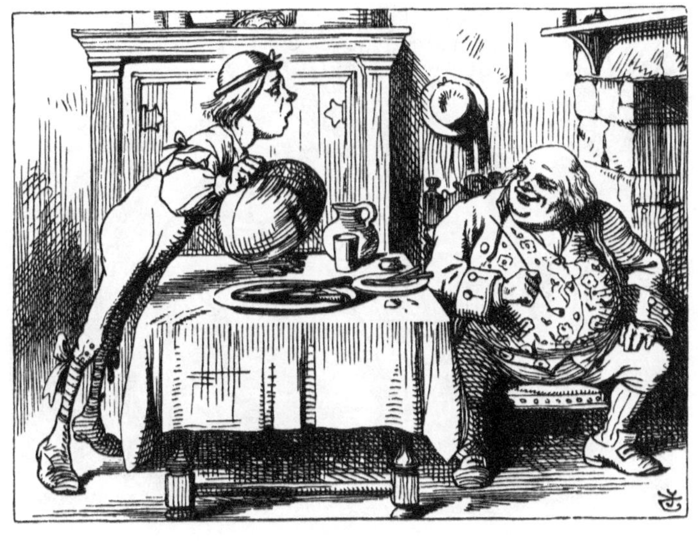

”Sos sturgoss”, so sagd an, ”so wart ig jurist;
    min kelindjin war ig it sien
akudir sä um målä – ig biet i so wisst
    so tautn wart skarp, ann, sos stien!”

"Ur gåmål", lit gossn, "og diger ien wål
   min itt mier so staðugan blikk;
å nevi ðu ny'tt balansireð ien ål –
   ur wart du so uvändes kwikk?"

"Ig ar suoråð triuo gaungga, ig suorär it mier",
   ðå faðer os lit; "uonde når
ðu lyster byr å atte låt slais ie stjier,
   ien klumb då å skåtån du får!"

”Edar lit it riktut sos eð al”, sagd Åmą.

”Nai, įtt gra'nn sos eð al, ir ig wið”, lit Alice liteð wä'n. ”Summų åv uordum war sos wär ðier ummstjiptaðer.”

”Eð war tuokut frą byrånändam og að slutą”, lit Åmą wiss å sig. Sä wart eð tyst ien stjyöra.

Åmą war fuostn so sagd noð.

”Ur laungg edd du ellst wilað wårå?” spuord an etter.

”Ittje fer eð kumb and upå siuov lainggdä”, twersuoräð Alice, ”män eð ir so klient änder sig noðwessn, sir ðu.”

”Eð ferstår ig ðą įtte”, lit Åmą.

Alice suoräð it noð; og änn mä å add weð til add it indjin ollder för werið so twert mųota, og å kännd å edd ulað skät å tuolmųoðskuppan.

”Beller ðu wið dig sos du ir nų?” lit Åmą.

”Sakt edd ig fel weð noð grandeð styörra, um įtt du tyttjer war að dyö”, suoräð Alice. ”Eð ir so yntjelit bar war triųo tumm laungg.”

”Ig tyttjer ðąfel ig eð ir įe börgt lagum lainggd”, yöpt Åmą fertuorvfeð og rai'tt upp sig, so laungg an war (an war prisiss triųo tumm laungg).

”Män ig ir it uoni ðyö”, klägäð sig wissl-Alice og ärdes aut so för ðyö. Og å ugst innum sig siuov: ”Um bar isųjär kretją edd it werið so liuota rålaikner ändą!”

”Du kumb sakt te wän å ðig eð bar ðu wið”, lit Åmą og rak inni watupipų ini munn og byrd å rötj atte.

Isan gaundjin bai'dd Alice uvändes tuolun tast an war lutin sai noð et nyeðs. Etter ien par minut tuog Åmą autyr watupipų autyr munnäm og gäpäð eter swämmnäm ien par triųo gaungg og skäkäð i sig. Sä fuor an brottåv soppäm og liep åv daitgainum graseð og bar lit är mes an fuor: ”Įeðier saiðą djär so ðu werd laingger og oðrą so ðu werd stytter.”

”Įeðier saiðą åv ukka og oðer saiðą åv ukka?” funndireð Alice innum sig.

”Åv soppäm”, lit Åmą sos edd ą að spuort etter wellt, og rað weg etter eð war an gra'nn brotte.

Alice stuoð dar ien stjyör og bögleðs ą soppin so funndirsamm og undreðs ą ukker iss båð saiður wäre; eð war ant umm fą witå eð, fer soppin war gra'nn kringglun. Að slutą rak ą aut båð armą eter kantäm, so launggt ą ną'dde, og min wårumdier nevåm brot ą åv ien bit.

”Nų will eð til rekkin aut ukindier so ir rett”, sagd ą fer sig siuov og nuppeð sä åv ien lissl smuolu åv yögerbitäm og willd känn etter um eð syökt änner. Rað weg kännd ą ur eð twersmall til under akun; ą add dunkað i ån daiti fuotn! ”Eð will til að rotåm”, ugst ą.

Å tjipptes åv iss uvändes ųowąttað twerändrindjin og ferstuoð eð war it te sįek sig noð, fer so strai'tt wart ą stytter atte, og fer ðyö kringgeð ą sig jätå liteð åv oðer bitäm. Akų låg að so ti'tt mųot fuotäm so eð war djärå tep upp munnäm, män bar ą fikk til eð að slutą dugd ą sweg nið ien smuolu åv wįsterbitäm.

    *   *   *   *   *

      *   *   *   *

    *   *   *   *   *

”Welest, nų ar ig ðą faið los ovuð að slutą”, yöpt Alice sturfaingin. Män snąrt wart ą liuota nipin mes ą wart iwari įtt erdär war ðar werra; iendað ą såg mes ą bögleðs niði war ien ųofanteli laungg ien ås, so såg aut kum uppyr slais ien stiuok yr ðyöðar gryönblaðsavį so war ðar launggt niðunder än.

”Wän ir ollt edar gryönað fer noð?” yöpt Alice. ”Og wert åvå *erdär* mainer ferið? Og ið wissl smąnevir mainer, ur beller eð birim sig ig sir it ið noð laingger?” Å sluo diem ringgum sig mes ą glämäð, män eð wart it nogų eller stellningg eld eð skåv noð grandeð noger launggt brott auti ðiemdar gryönblaðum.

Dar įtt ą̊ såg sig ingg uon ev upp nevą̊ að skollam, boð ą̊ til
ev nið skollan niðað nevum, og sturfaingin wart ą̊ iwari ur åsn
autą̊ noð wiðer slainggd og kryökt sig uonde wert sos įe nä̊ðer.
Ą̊ add just dugåð kryötj nið an i finum og blotum swainggum
og ulld til og dyk niði auti loveð – so ą̊ såg so war it otą̊
kraungnur ą̊ sumu trai'mm ą̊ add wavlað under –, mes eð frą̊st
til uvånað än so ą̊ tjipptes og twerwänd niði lovstattjin atte:
įe stur skuogsdauv add flueð ą̊ ån i krå̊i'sseð og liuottwekkst
til að än min wainggum.

"Uorm!" rämd Dauvą̊.

"Ig ir it indjin uorm!" sagd Alice wänest armin. "Lat wårå
mig!"

"Du ir ien uorm, ser ig ðig iessn!" yöpt Dauvą̊, män noð
grandeð liner ą̊ må̊leð, og ą̊ lagd að og lit mjässt sos edd ą̊
snykkst: "Ig ar buoðið til min olla, män įtt noð syöks wårå
ðiem et lags!"

"Ig ar ðą̊ it lag ą̊ noð wän du ser fer noð", lit Alice.

"Ig ar buoðið til min trairuotum og min tauvum og min
buosskum", lit Dauvą̊ og gå̊'dd it än, "män dierðar uormär!
Eð ir gnä̊'ttlosą̊ wårå ðiem et lags."

Alice wart mįer og mįer grumblun i skollam. Män ą̊ tykkt it
eð epteðs ą̊ sai noð mįer feld Dauvą̊ add taungnað.

"Sos wär eð it naug syöklit ligg ą̊ eggum", lit Dauvą̊, "otą̊
jär al ig pass uormą̊ og boð ną̊t og dag. Ig ar it blundað att
ogum sienest trjär wikur!"

"Eð ir wänest armlit du ar faið painas so", sagd Alice, so
fuor ferstå nų wän ą̊ miend fer noð.

"Og just mes ig add kumið daiti oll ägst trai'tt i skuäm",
druog Dauvą̊ ą̊ og skri'eð wellt og wasst, "og nų mes ig truo'dd
ig ulld fą̊ war et friðs fer ðiem að slutą̊, ul dier sä̊ įts kum
kryötjänd nið åv muolnum og åvås að! Twi, liuotans
uormųotäge!"

"Män ig ir it indjin uorm, ar ig fel sagt dig", yöpt Alice. "Ig
ir – ig ir –"

”Jaa! *Wänn* ir ðu fer ịe?” lit Dauvą. ”Ig sir naug du biuoð til itt ą noð!”

”Ig – ig ir ịe *lisslkull*”, suoräð Alice, og twikeð sig liteð mes ą kam ijug ur kringgt ą add ändrað skapnaðim isan da'n.

”Juju, edar låt noð wänest eð”, sagd Dauvą so åstjin. ”Mikkel småkullur ar ig si'tt i main tið, män ịtt *ingg ienda* min ien slaikan ås! Nai, nai, du ir sakt du ien uorm, dyö dug du it naik að. Järnest lär ðu fel påstå og ðu ollder ar småkåð nogụ egg!”

”Ig *ar* nụfel småkåð eddjä”, lit Alice, so willd olltiett sai sos sannt war. ”Män småkullur jätå eddjä laik mitjið og uormär, will ig sai ðig.”

”Ittje truor ig ðyö”, lit Dauvą, ”män um dier djärå so, irå ðier nog uormer åv noger ðier og, eð ir ollt ig ar sai um eð.”

Ien slaik ien taunk war so ụokunun fer lissl-Alice ụorer so ą war gra'nn tyst i flier minuta, so Dauvą belld winn ą saia: ”Du lieter eter eggum, eð *ferstår* an fel gra'nna, og ðå bityðer eð fel it noð ukað mä ðu ir ịe lisslkull eld ien uorm.”

”Män eð bityðer mjog mitjið fer *mig*”, sagd Alice strai'tt. ”Og just nụ itter eð ą wårå so, so ig lieter it eter inggum eggum. Og um so wäre, edd ig it ännst dainum; ig liker it råeddjä noð warut.”

”Welest, sä beller ðu fel djävå ðig åv!” lit Dauvą so fruttsklin mes ą sett nið sig niði bu'tt att. Alice åikt nið sig auti ðiemdar og trai'mm ollt ą dugde, män åsn sneräð inn sig i kwistum olltiett, so ą fikk luv stą'n framm og framm og loså an. Etter ien stjyör bråkam ą ijug ą add soppbitą i nevum änn, og ferðyö byrd ą ą nupp liuotfersiktut fuost ą ienumdier og sä ą oðram, og åv dyö wart ą milumað liteð laingger og milumað liteð stytter, tast ą fikk att rett sturlietjin sänn að slutą sos wel war.

Eð war so laindj säs ą noglund add apt rett lainggdä sain, so eð känntes wänest underlit te far byr min, män etter ien par minut add ą uort uoni än, og ðå byrd ą ą sos ą brukeð –

glåmå wið sig siuov: "Ja, nu̧ ðå̧, nu̧ ar ig uonneð å̧ elptäm åv dyö ig miend djärå̧! An werd so brottwillað åv ollum isumjär ändringgum. Ig wet då̧ durk ollder frå̧ ienum minutäm og að oðram ur eð kumb te werd min mig! Män nu̧ ar ig ðå̧fel að slutą̈ faið att wanlig sturlietjin männ atte; nu̧ fätäs eð bar ig edd kumiðs inn i andar finträgardn – män ig spyr mig: *ur* mund sä̧ eð ul go til?" Mes å̧ glämäð so, kam å̧ ollt i seð daitað ien glänna, og ðar war eð i̧e litą̈ stugu ringgum fiuor fuot og. "Ukker änn dier irå̧ so itt å̧ byddj dar", ugst Alice, "so gor eð då̧ ollder til kum daitað diem min ien *so pass* sturan krupp – dier edd uort so nipner so ðier edd uort gra'nn tuokuger!" Fer ðyö byrd å̧ å̧ nupp å̧ bitäm i yögernevå̧m og tuost it far nämmer stugun feld å̧ add uort minna, og i̧tt mield ni tumm laungg.

Kapitel VI

Graisn og pipärn

I ienn minut eld tųo stuoð åðar lisslkullą ðar og kuogäð å stugų og funndireð ur å ulld fårå järnest. Då kam ollt i seð ien livriklä'dd bitjänt kåitänd autyr raisą – (å miend an war *lakaj* fer an war klä'dd i livridrektn; män slaik an såg aut um ogų edd å för að elldeð an fer fisk) – og liuotdunäð å dörär min knåitnevåm. Ien eller bitjänt, so war livriklä'dd boð ann og, teppt upp dörum. Isn war trint i kråi'ssą og add sturų oga sos að ienum tuosstje; og Alice wart iwari båðer add puðraðåreð, so ainggd sos noð knyllder yvyr iel ovuð. Å edd djienn wilað witå wän dier jällt å min, so å stals åv autyr raisą og bryndes åv dait og willd war å lur að diem.

Fisk-Bitjäntn byrd å tag framm frå under armäm iet ųofantelit iet briev, mjässt laik sturt og an siuov, og so an ieðreð að oðram, og ärdes aut so röselin å måleð: "Að Ertiginnun. Iet buoð frå Drottnindjin spilå krokket min än." Og Tuossk-Bitjäntn las etter, laik röselin å måleð ann og bar noð grandeð oðerwais ur uordą fygdes að: "Frå Drottnindjin iet buoð að Ertiginnun spilå krokket min än."

Etter eð bugeð sig båðer twer so diuopt so edar knylldreð
upå obbdum að diem fissleðs ijuop.

Åv dyö sturskwäpäð Alice so uvliuo'tt so å fikk luv kringg
sig inn i raiseð atte, so ðier ulld it är ån. Mes å kuogäð dait et
nyeðs war Fisk-Bitjäntn brotte, og oðern såt niðå bokkam og
stjebögleðs tolut upi weðreð.

Alice fuor, gra'nn stjåvänd i kniwikum, framað dörum og
knakkeð å.

"Eð gnäter it i knakk noð", sagd Tuossk-Bitjäntn, "og eð
åv twämm fuorfolldum. Fuost fer ig ir jär autfer dörum slais
og ðu, og sä ir eð slaikt iet livärn inn dar, so jtt indjin edd ärt

dig." Og sannt war, eð ärdes ur eð liuotrambleð inn dar – iet tiuotan og niųosan autą fer ända, og milumað bräkäð eð so uvliuo'tt sos edd nogär slaið sund ien ketil eld iet fat.

"Män tjäre ðu", sagd Alice, "ur al ig kum inn?"

"Eð edd kunnað wårå að noger knakka", fuortsett Tuossk-Bitjäntn og ännst it än noð, "um eddum apt dörär millą uos. Og um du wär *innånað* og edd knakkað, so edd ig bellt slepp aut dig, sir ðu." An bögleðs upp mųot imbläm änn mą an glämäð, og Alice tykkt an war börgt ien drumbel. "Män kanstji an kann inggų råð för ðyö", lit ą fer sig siuov, "fer ogų irå mjässt *mitt* upą obbdą að åm. Män an edd dąfel ukað so ir bellt suorå ånum so spyr etter." – "Ur al ig kum inn?" lit ą well ą måleð iessn.

"Ig sit jär", lit Tuossk-Bitjäntn, "tast að mä'nne –"

Min dyö sumu fuor dörär upp, og ien stur talldrikk kam fliuogänd aut, rett að obbdą Tuossk-Bitjäntäm, og strok framm briewið neveð os og brussneð sund mųot iendier åv trai'mm attånað åm.

"– eld og da'n etter, kanstji", fuortsett Tuossk-Bitjäntn og ärdes aut laik ą måleð, sos edd it noð að ännt.

"Ur al ig tågå mig inn?" yöpt Alice iessn, ändą wellera ą måleð.

"Djär ðu *durk* minn kum inn noð?" sagd Tuossk-Bitjäntn. "Eð spyr an sig fuost, sir ðu."

Ittað war naug sannt, män Alice likeð it är slaikt. "Eð ir uvliuo'tt", mumbleð ą fer sig siuov, "ur isų krytyrą glåmå. An edd kunnað werd stöllun åv dyö!"

Bitjäntn såg aut tyttj ittað wär iet passlit tilfell fą til sumu glam lit oðerwais: "Ig al sittj jär i mjog mikkel dågå framm og framm."

"Än są ig, ur al ig sä fårå?" spuord Alice etter.

"Uonde ur ðu will", suoräð an og byrd ą wissla.

"Auw, eð ir ịtt að ingg glåmå wið an", yöpt Alice gra'nn
illsett. "Börgt ien stöll ir eð an ir!" Og sạ teppt ạ upp dörum
og fuor inn.

Dörär djingg inn i iet sturt tjyök so war gra'nn fullt i rätj i.
Ertiginnạ såt mitt inn dar upå ienum trifuotaðstuol og lulleð
ienum kripp ạ add upi kni'mm; tjyökspigạ lot sig ðaityvyr
jälldn og ryörd niði ienum sturum suppkessl.

"Eð kännes aut wårå uvmitjin pipär i iss suppun!" sagd
Alice tyst, fast ạ syöks mjässt it war guoðtil glåmå fer ạ nos
so.

Eð war ðạ ukað so war uvmitjin pipär i *weðrạ*. Siuov
Ertiginnạ nos milumað, og krippin nos og rämd umm
wertanað. Iend skapnaðir i tjyötjạ so nos it noð war tjyökspigạ
og ien stur masse, so såt daiti spisäm og illgrạstes noð wänest.

"Edd ig bellt spyr etter", lit Alice liteð bliuog, fer ạ wiss it
um eð djikk för sig ạ byrd ạ glåmå, "um du edd wilað sai åv
wiso kattạ ðại grạses slaik?"

”Fer eð ir ien grąsmass”, suoräð Ertiginną. ”Fer ðyö far an so. Grais!”

Ą fikk yr sig edar uordeð so twert so Alice syöks spritta; män ą wart iwari rað weg ą add sagt ittað að krippäm og įtt að änner, og etter eð wart ą muossk og lit: ”Ig wiss it grąsmassär grąsas slaiker olltiett; ig wiss įts massär irå *guoðtil* grąsas dyö.”

”Eð dugå ðier oller”, lit Ertiginną, ”og mjässt åv fårå ðier so.”

”Ig wet ollder ig ar si'tt nån mass so ar ferið so”, sagd Alice wänest tillätn, fer ą war sturfaingin fą byr ą ien glamu atte.

”Ittje wet dą ðu maungg”, lit Ertiginną, ”eð ir ðąfel noð so ir säkert.”

Alice likeð it noð warut fą bukktjyöteð og tykkt eð wär gå'lligest wänd umm blað. Män mes ą boð til finn att noð eller glåmå um, lypteð tjyökspigą åv suppkessläm åv jälldäm og byrd rað weg ą suol oll ą fikk i ðaitą Ertiginnų og krippin – fuost jälldgaffläm og taundjin, og sä fuor eð skarpraingin kasstrullum og talldrikkum og fatum. Ertiginną såg it aut uond eð noð, įtts mes ą fikk åv diem dyö, og įtts fast lisslkrippin rämd og grien änd autyr og indjin wiss um eð war sårt åv smellum eld įtte.

”Uwą, war frek og kum *durk* ijug ur ðu far”, yöpt Alice mes ą tritteð og skot kautą ollt ringgum, gra'nn illswaiðänd. ”Uwą, sją ðan far edar fin *lisslneveð* os!” lit ą min dyö sumu sos ien oðerstyörr kasstrull war mjässt attri og jällt ą smell brott andar bitn åv kråi'ssą.

”Um bar wer og ienn edd bryllað sig auti saina”, mumbleð Ertiginną ram i åsäm, ”edd wärdą ty'llað ą mitjið straiðer eld ą djär nų.”

”Män eð edd dą it uort *noð* willder åv dyö”, lit Alice faingin fą skrepp åv lit um eð ą wisse. ”Kum ijug bar ukin ien mysudieg min nåtn og daäm eð edd uorteð! Witum fel eð tuol tiugufiuor taim tast juordą ar wänt sig ringgum akksuln sänn."

"Glämär ą um ökksär?" lit Ertiginną. "Ogg åv skollan að än!"

Alice wänd sig ðaitað tjyökspigun noð grandeð wið og willd sjå um ą edd ittað ą tag að sig edar, män tjyökspigą liuotryörd auti suppun og såg it aut að ärt ą, so Alice fuortsett: "Tiugufiuor taimer *truor* ig eð ir, eld ir eð bar tolv? Ig –"

"Twi, lat wårå *plåg* mig", sagd Ertiginną, "ig ar ollder tuolåð ingg siffrur." Og etter eð byrd ą ą lull krippäm upi kni'mm att og boð til kweð et swämms åm mess – og rak til að åm duktit sienest i werr rað: –

Ånną, war' strainggd wið gossan, ig bið:
smell til að åm sniässt an far niŭosa.
An mątt åvå slaikan liuotan nån sið –
ig far fel boð skåkå og friuosa!

Körn
(so tjyökspigą og krippin kwað minn i): –
"Auw! Auw! Auw!

Mes Ertiginną kwað oðer wessn liuotswainggd ą krippäm uppi og niði, og krippstakkarn rämd so Alice syöks it är iet uord:

Og iembel ą påikan, eð ir fel männ sið,
fer niŭos will an autą fer ända.
Ŭomagin djäv mig ðą inggan frið –
wert al ig nŭ, stakkar, mig wända?

Körn
"Auw! Auw! Auw!"

”Jär sjå! Nu beller ðu syt tubbusäm ien stjyör um du edd ugfelldas dyö!” sagd Ertiginną að Alice og wind að än krippäm. ”Ig fąr luv duon mig rað weg, fer ig al spilå krokket min Drottnindjin”, lit å og kringgeð sig autyr ruomą. Tjyökspigą wind ien stietjpann eter än män itteð it å.

Alice add wänest djärå få noð tag å krippäm, fer eð war so *skammliuot* ien litn skapnað dar so armär og fuotär rak aut að ollum olldum – ”gra'nn sos ie sjustienn”, tykkt Alice. Edar lisslbyndeð fnåist sos ien smipust mes å fikk i eð og byrd å krykkel ijuop sig og rett aut sig um wertanað autą fer ände, so Alice wiss its te far byr min ur å ulld bjärå sig að so å ulld få noð tag olld i eð.

Sniässt å add rekknað aut ur ðar wið lag (so war lind ijuop eð að ienum knaut åv noger og sę tag i yögerärað og węsterfuotn mjässt å dugde, so an ulld it loså upp sig att), bar å aut eð i frisk luptą. ”Tar ig it minn mig isan krippin brott jär frą”, ugst Alice, ”so pain dier et ändes an upą nog dågå. Eð ir sos wär eð iet muord ev etter an.” Sienest uordą sagd å wellt, og edar lisslbyndeð grympteð og suoräð (an add slutað *tingg snorkelindją* nu). ”Grympt it”, sagd Alice, ”eð passer it sig låt so.”

Lisslkrippin grympteð et nyeðs, og Alice bögleðs inn i kråi'sseð að åm wänest uofriðun og brygd wiso an mund fårå so. An beller ðą it otą tyttj uppineveð os ir mier laikt ien *tråin* eld ien *riktug* nevi; ogu os åvå uort so underli smąer og glinder so te bell war krippogu – saiänd min ien uorde: Alice fuor werd liteð illwar. ”Män kanstji an bar snykkser”, ugst å og bögleðs å ogu os og willd sjå um dar war nog tårer.

Nai, ðar war eð it ingg tårer. ”Um du miener werd ien grais, kripp”, lit Alice allwarsamm, dą will dą itt ig åvå noð djärå minn dig noð mier, sir ðu!” Edar krytyreð snykkst atte (eld og grympteð, eð djikk it sai ukaðier eð war) og jällt sig sę kwer noð tag.

Alice stuoð dar og funndireð: "Ur al ig dugå bigo mig min iss kretjä ðar ig kumb iem?" Då fuor eð grympt et nyeðs, og nu so uvändes so å twerbögleðs gra'nn nipin niði kråi'sseð að åm. Nu byövd å it twik sig noð laingger, eð war ien grais og ítt noð eller, og å ferstuoð eð war gra'nn brott i tuok bjärå an noð laingger.

So fer ðyö add å nið edar lisslkretjeð niðå bokkan og kännd sig sturfaingin mes å såg an tavleð åv so små'tt brotter að raisä til. "Um an edd að uort stur", lit å fer sig siuov, "edd an naug að uorteð ien sturliuot kripp; män te war grais tyttjer ig an mjog ir wänest fin åsjå." Og sä kam å ijug oll kripp å känntes wið so edd weð willder åsjå sos graiser, og å jällt å og mumbleð fer sig siuov: "Um an bar edd witåð rett kunstä ferwänd diem." Å sprott upp ollt i seð mes å fikk sjå andar

Grąsmassan ogt upą ienum kwiste nog alner frą.

Massn bar grąstes mes an wart iwari Alice. Ą tykkt an såg aut frek, män an add so *uvliuo'tt* laungg nog klyöner og ien tannstakk, so ą ugst kanstji eð wär willdest pass sig fer åm.

"Grąsmass", byrd ą ą liteð wä'n, fer ą wiss it um an mund truo ą ekkst an, män an bar grąstes liteð mjer. "Welest", ugst Alice, "jųo'tterdags ar an dąfel it uort misnyögd noð ittje." Ą fuortsett: "Edd du wilað wårå so frek og sai mig ukandier we'n ig al fårå so ig kumbs jär frą?"

"Eð kumb fel mjässt and upą wert du al", suoräð Massn.

"Ig uonder just it noð wert —", sagd Alice.

"Dą ir eð fel durk eð sumu ukandier we'n du far", tykkt Massn.

"— bar ig kumbs *nånn* weg", miend Alice.

"Auw, naug djär ðu fel eð ukað so ir", lit Massn, "bar ðu far naug launggt."

Alice ferstuoð iss djikk it sai mųota, so ą̊ wänd umm blað: "Wänn byddjer eð fer fuok jär ringgum?"

"Að *dyö* olldä", sagd Massn og swipäð yögertassäm, "byddjer eð ien attmäkär; og að *dyö* olldä", lit an og swipäð oðer tassäm, "byddjer Mass-Erin. Du beller go ą̊ by að ukumdier ðu tyttjer; båðer irå tuokuger."

"Män ig lyster it wil kum i lag min noð tuokugfuok", miend Alice.

"Auw, eð gor it djär að dyö noð", lit Massn. "Jän irum wįr tuokuger oller. Ig ir tuokun. Du ir tuokun."

"Ur beller ðu truo ig ir tuokun?" undreðs Alice ą̊.

"Du får luv wårå so", sagd Massn, "fer ellest edd du it ollder að kumið jųot."

Alice tykkt it ittað add noð djärå minn dyö; män ą̊ fuortsett lekwel: "Ur beller ðu sä witå ðu ir tuokun siuov?"

"Fuost", lit Massn: "ien rakk ir ðą̊ it tuokun noð, eð lär ðu fel olld minn mig um."

"Ju, eð ugser ig fel", sagd Alice.

"Dą̊ so", fuortsett Massn. "Du lär fel witå ien rakk bruker murr dar an ir arg og swisk rumpun dar an ir frek. Män *ig*, twess mųota, murrer ðar ig beller wið mig og swisker rumpun dar ig ir jälåk. Fer ðyö ir ig tuokun."

"*Ig* koller eð fer *kurra*, įtt murra", sagd Alice.

"Koll eð ur ðu will", sagd Massn. "Ir ðu tainkt spilå krokket min Drottnindjin i dag?"

"Eð edd ig sakt djienn wilað", sagd Alice, "män įtt indjin ar buoðåð mig noð änn."

"Råkums dar", lit Massn og ferswann.

Alice brylleð it sig noð auti ðyö, uoni sos ą̊ war oll underlig so ände. Mes ą̊ kuogäð daitą̊ plassn dar so andar add werið, syntes an ollt i seð atte.

”Äränd dyö til, ur djikk eð min krippäm?” undres Massn å. ”Ig jällt mjässt å glämm åv spyr etter.”

”Eð wart ien grais åv åm”, suoräð Alice gra'nn lungin, sos wär eð it noð underlit Massn add kumið atter slaik.

”Ig wątteð fel dyö”, lit Massn og fuor brott att.

Alice bai'dd liteð og ugst *kanstji* å edd bellt få sjå an att, og säs å add weð kwer ðar ien par minuta, fuor å að dyö olldä å add ärt Mass-Erin byggde. ”Attmäkärą ar ig sakt si'tt för”, lit å; ”Mass-Erin ir naug iet mjog intressantera fuok, og etersos eð ir maimånaðn nų kanstji an ir it stormtuokun ellde, sos an war i mass.” Mes å add sagt ittað kuogäð å upp, og ðar war Massn atte upå ienumdier åv kwistum i trainą.

”Ukað sagd du mą *grais* eld sagd du *rais*?” spuord Massn etter.

”Ig sagd *grais*”, suoräð Alice, ”og ig edd yönkst du edd wilað lat wårå kum framm og sä far brott ųoferwart olltiett. Ig werd gra'nn ovuðsyörum åv dyö.”

”Sakt dåfel eð”, sagd Massn, og isan gaundjin fuor an brott wänest smą'tt, fuost rumpändn og sienest flineð, so wart kwer nog stjyör säs oðrað add ferið.

”Uwą, ur underlit”, ugst Alice. ”Kringgt ar ig sakt si'tt ien mass autą noð flin, män įtt noð flin autą nån massa! Eð ir underligestað ig ar si'tt änn mą ig ar weð til.”

Ą add it feð so liuotlaunggt feld ą fikk sją stugų Mass-Eråm – ą djietäð ą eð war ånumes, fer skrauvär war sos ärų i fasuon og eð war pellsn ąbrie'dd yvyr tatjeð. Stugų war so stur so ą tuost it go ðaitað än feld ą et nyeðs add nuppað liteð åv soppbitäm ą add i yögernevåm og uort ringgum tųo fuot laungg. Män boð då og twikeð ą sig liteð og mumbleð fer sig siuov: ”Kum ijug um an itter ą wårå stormtuokun ändą! Ig ir wänest för ðyö įtt ig ellder fuor ą by að Attmäkäram.”

KAPITEL VII

Iett stöllut tikalas

Eð war iet buord so war frammduonað å under trainä mitt fer stugun, og nest dyö såt Mass-Erin og Attmäkärn og drokk ti. Millå ðiem såt eð ien mausstjäri, launggt niði guoðswämmnäm, mes grannär å båðum saiðum add an fer dåina og sty'dd abugum upå kruppäm os og djärd glamų ðaityvyr skollan að åm. "Eð mått fel wårå mjog klient að mausstjäråm", ugst Alice, "män etersos an sov kanstji an ir it að dyö."

Eð war iet sturt buord, män dier såt oller trair sos i ienum klunde nest iendier buordsörnä, og sniässt dier fingg sjå Alice kam dait, yöpt dier oller: "Du ar it werr sittja!" – "Ig beller fel sittj jän", yöpt Alice fertuorvað og sett sig i ien sturan karmstuol nest ienumdier buordsändam.

"Edd du wilað få noð win?" undreðs Mass-Erin å og ärdes aut so frek.

Alice kuogäð ringgum sig å iel buordeð, män dar war įtt otå ti upå ðyö. "Ittje sir it ig noð win", lit å.

"Eð ir it noð ellde", lit Mass-Erin.

”Då war eð it noð artit åv dig biuoð å ðyö”, suoräð Alice armsn.

”Eð war it mjog artit åv dig ellde settj dig nest buordä og ịtt war buoðin”, sagd Mass-Erin.

”Ig wiss it åv eð war iðåt buord”, sagd Alice, ”jär ir fel frammduonað að flierum eld trimm.”

”Du edd byövt klipp dig!” lit Attmäkärn, so add böglaðs å Alice so mardbrygd iel tiðä män ịtt sagt ịtt åv ingga.

”Du edd ulað av lag å an al it sai að fuotjä ukker ðier ul sjå aut”, sagd Alice og ärdes aut so strainggd. ”Eð ir uvändes ụoartit.”

Attmäkärn berreð upp ogụ mes an ärd ittað män sagd it otå: ”*Wiso* ir kuorpin laik ien skrievbuordsstell?”

”Nụ äres eð aut fåmm liteð trivlit”, ugst Alice – ”ur lyölit dier byr å glåmå i gåtum!” – ”Ig ugser ig ir guoðtil djiet å ðiem”, sagd å well å måleð.

”Miener ðu ðu wet swareð å eð?” undreðs Mass-Erin å.

”Ja säkert”, suoräð Alice.

"Då edd du ulað sai åv wän du miener", sagd Attmäkärn.

"Eð djär ig og", suoräð Alice liteð strai'tt. "So saiänd, ig miener eð ig ser – eð ir sumu sak, sir ðu."

"Eð ir ðåfel įtt sumu sak", yöpt Attmäkärn. "Då edd an fel so djienn bellt sai: 'Ig sir eð ig jät' ir sumu sos 'Ig jät eð ig sir'!"

"Då edd an fel so djienn bellt sai sånä, lit Mass-Erin: 'Ig liker eð ig får' ir eð sumu sos 'Ig får eð ig liker'!"

"Då edd an so djienn bellt sai", lagd Mausstjärin að, og so såg aut glåmå i swämmnäm: "'Ig wäser mes ig sov' ir eð sumu sos 'Ig sov mes ig wäser'!"

"Ja, eð kann wårå sumu sak fer ðig", sagd Attmäkärn, og min dyö sluteð glamų og sellskapeð såt dar gra'nn tyster ien stjyöra, mes Alice minnd å sig ollt å wiss um kuorpą og skrievbuordą – og so war it just maungg.

Attmäkärn war fuostn so sagd noð. "Ukin dag i månaðim ir eð i dag?" spuord an etter og wänd sig ðaitað Alice. An add taið uppyr klukkų sain upyr fikkun, bitrakteð ån ųofriðun i ogum og skäkäð ån framm og framm og jällt än innað ärą.

Alice ugst etter og suoräð: "Fiuordn."

"Då ar ig taið mist um tųo dågå!" sukkeð Attmäkärn. "Ig ar fel sagt åv fer ðig eð gor it til bruk smyöreð i wertjä!" lagd an að og kuogäð liuotfrundun daitą Mass-Erån.

"Eð war ðåfel ukað so war *besst* smyöreð", suoräð Mass-Erin so små'tt.

"Ju, ju, män sä mått fel smuolur að kumið inni og", mumbleð Attmäkärn. "Du edd it ulað að kliemt å eð min broðknaiväm."

Erin tuog klukkų og såg å ån dovlin i ogum, og sä stuppeð an niði ån niði tikappin sänn og såg å ån atte, män kam it ijug noð eller sai eld eð an add sagt för: "Eð war ðåfel ukað so war *besst* smyöreð, ulið witå."

Alice kuogäð daityvyr erdą að åm, brygd sos å war. "Ukų underlig įe klukka!" yöpt å til. "Å waiser ukin dag eð ir i månaðim, män įtt ur mitjið klukką ir!"

"Wiso edd å ulað eð?" musäð Attmäkärn; "waiser ðąi klukk wän fer *år* eð ir?"

"Nai, wisst įtte", twersuoräð Alice; "eð biruor å iet år wärär so liuotlaindj."

"Eð ir gra'nn laikt min main og", sagd Attmäkärn.

Alice wart wänest ovuðsyörumin. Å dugd dą it bigrip wän Attmäkärn miend fer noð, įtts fast an glämäð sumu mål og å ðyö. "Ig ferstår it gra'nna", sagd å að slutą wänest yövlin.

"Dan såmmner Mausstjärin att", lit Attmäkärn og skwekteð å lit åv siuoðiet ti å neveð að åm.

Mausstjärin skäkäð obbdą liteð ųonąðun og mumbleð noð män teppt it upp ogum: "So ir eð fel, just wän ig ulld til og sai siuov."

"Ur *ir* eð, ar ðu noð swar å gåtun änn?" spuord Attmäkärn etter og wänd sig ðaitað Alice atte.

"Nai, ig ar it eð", lit Alice. "Wän ir eð fer swar?"

"Ig ar it ingg förestellningg um eð", lit Attmäkärn.

"Įtt ig ellde", sagd Mass-Erin.

Og Alice sukkeð so tunggt. "Ig tyttjer ðu edd bellt bruk tiðą willder", lit å, "i stell fer öð åv än å gåtum eð ir it noð swar å."

"Edd du känntas wið Tiðą laik wel og ig", sagd Attmäkärn, "edd du it feð auti an edd ö'tt åv *änner*, otą *ånum.*"

"Ig ferstår it noð wän du miener", sagd Alice.

"Nai, ulld du eð!" sagd Attmäkärn og rukkeð obbdą og ärdes aut so glegg. "Ig ugser ðu ar įts ollder glåmåð wið Tiðą ðyö!"

"Kanstji įtte", suoräð Alice liteð warlin. "Ig wet bar ðar ig lärer mig spilå so rekkner ig tiðą mes ig slår taktą."

"Ja, just so, so ir eð", lit Attmäkärn. "Tiðą tuol it dar nogär slår an! Edd du bar weð wänn min åm, edd du dugåð fårå uonde ur min klukkun. Kum ijug bar ðar klukką ir ni um morgun, just ån tiðą ðu al byr ą min skaultaimum dainum, og ðu djär iet liteð tekkin að Tiðn, so gor klukką ollt i seð ollt ringgum og eð ir alv twå og lagum jät midag!"

("Ig edd bar yönkst eð wär so!" wisäð Mass-Erin.)

"Naug wär fel eð uvändes lyölit", lit Alice funndirsamm; "män eð ir bar eð ig edd it weð unggrun noð dą, sir ðu!"

"Nai, kanstji įtt te far byr min!" lit Attmäkärn, "män sä edd du bellt tag et sta'nner ån ringgum alv twå so laindj du edd tykkt."

"Far *ðu* so?" undreðs Alice ą.

Attmäkärn såg aut so stjälin og skäkäð skollam. "Auw nai!" suoräð an. "Wartum ųosamser mass so war. Gra'nn föreld *ann* wart tuokun, sir ðu" – (an piekt daitą Mass-Erån min tistjieðn sain) "–; eð war ą ändar spilmannsstämmnun Järter-Drottnindją stelld til – dar ig fikk kweðå: –

"*Tinä, tinä, leðern männ,*
ir ðu uppi weðrą änn?

Kanstji ðu kann waisų?"

"Ig ar naug ärt noð slaikt nossn", lit Alice.

”Å fuortsetter”, lagd Attmäkärn að, ”sånä: –

Kappin uppå buordä stand;
wert al eð fer ðig tag land?
                    Tinä, tinä –’”

Nų brägäð Mausstjärin i sig og byrd å kweðå i swämmnäm:
”*Tinä, tinä, tinä, tinä –*” og jällt å min dyö so laindj so ðier
fingg luv niųop an i ärų so an ulld taia.

”Og ig add mjässt it slutað fuost wessäm”, sagd Attmäkärn,
”mes Drottnindjä yöpte: ’An eler boð tiðn og taktn! Åv min
obbdä að åm!’”

”Uwą, so liuota lieðugåð!” yöpt Alice.

”Og änd säss”, klägäð sig Attmäkärn, ”will it Tiðä djärå įtt
noð ig spyr an eter. Eð ir klukką sjäkks olltiett nų og sta’nner
ðar.”

Ollt i seð twerkam Alice ijug ur eð belld birim sig so mikkel
tikapper war frammduonaðer. ”Ir eð fer ðyö kanstji eð ir so
mikkel tikapper jän upå buordä?” spuord å etter.

”Ju, so ir eð”, lit Attmäkärn og sukkeð. ”Eð ir olltiett otn,
so eð werd it ollder indjin lið disk kappą.”

”Eð ir fer ðyö farið ringgum buordeð olltiett, måwitå?” sagd
Alice.

”Ja, just so”, lit Attmäkärn, ”gra’nn eter sos kappär åvå
uort kliemuger.”

”Män ur werd eð sä ðar kumið atter að byrånändam att?”
wågeð Alice å spyr etter.

”Ig truor wändum umm blað nų”, lit Mass-Erin og gäpäð
eter swämmnäm. ”Ig ar ärt mettan mig ittað nų. Ig tyttjer
isųjän unggkullą edd sagt åv ien isstor fer uoss.”

”Ig ir wið ig durk kann it ingga”, sagd Alice og gruveð sig
fer ien slaik yönstjan.

"Sä al Mausstjärin sai åv noger!" yöpt dier båðer twer. "Wakkin nų, tjär Mausstjäri!" Og ðier byrd rað weg å niųop an i båðum saiðum.

Mausstjärin teppt upp ogum små'tt. "Ig sov it noð", lit an tyst og ram i åsäm, "ig ärd wertevige uord sagdið, gubber."

"Seg åv ien isstor fer uoss", fuorkeð Mass-Erin an.

"Ånnä bið, djäri so!" willd lisl-Alice.

"Kringge ðig nų", sagd Attmäkärn, "ellest såmmner ðu att feld du ar syökt daitað slutä."

"Eð war iessn trjär små systrer", kringgeð sig Mausstjärin byr å, og ðier ietteð Elsa, Lilly og Tilda, og ðier byggd i lag niðå buottnäm åv ienum brunne –"

"Wän livd dier wið?" undreðs Alice å, so wart uvändes brygd dar eð kam et tals yvyr jätå og drikkelsä.

"Dier livd wið sirap", suoräð Mausstjärin säs an add funndirað nog minuta.

"Män eð belld dier fel it", lit Alice wänest lungin. "Dier edd fel uort kliener."

"Eð wart dier og", lit Mausstjärin. "*Sturklienär.*"

Alice boð til förestell sig ur eð edd känntas livå so underli, män å wart so klien i laivä mes å ugst umm eð so å kringgeð sig fuortsett: "Män wiso byggd dier niðå buottnäm åv ienum brunne?"

"Edd ig faið ieðer að dig lit til åv ti?" sagd Mass-Erin so röseli að Alice.

"Ig ar ðå it faið noð änn", suoräð Alice og ärdes aut so frutt, fer eð djikk å sårtånä að än, "og fer ðyö beller ig fel it få mjer."

"Du miener ðu beller it få *minna*", lit Attmäkärn. "Eð ir wänest litt få *mjereld* įtt noð."

"Įtt indjin ar spuort *dig* auti nog slaika", sagd Alice.

"Ukin mått eð war nų so danter å?" undreðs Attmäkärn å og ärdes aut so stur å sig.

Alice wart so ferå'dd so å wiss it wänn å ulld saia. Ukað so war fikk å sig lit åv ti og ien gås, og sä wänd å sig ðaitað

Mausstjäråm og spuord etter et nyeðs: "Wiso i friðns dagar byggd dier niðą buottnäm åv ienum brunne?"

Mausstjärin funndireð et nyeðs åv og til og suoräð sä: "Eð war ien sirapsbrunn."

"Eð finns it indjin slaik!" sagd Alice so frän, män boð Attmäkärn og Mass-Erin yöpt til "Äss! Äss!" og Mausstjärin sagd mjog grettun: "Um įtt du dug war fuok, ir eð willdest du ser åv siuov ur isstorą sluter."

"Ånną, wari frek og fuortsett!" willd Alice og ärdes aut wänest wä'n. "Ig will dą wisst it legg mig auti noð mįer. Eð kann fel änd eð finns *ienn* slaik ien."

"Jasso, *ienn*! Sakt dąfel eð!" yöpt Mausstjärin og ärdes aut liuotfrundun män fuortsett sai åv ukað so war: "Og äränd diemdar trimm småsystrum til ulld dier lär sig leså, sir ðu –"

"Wän las dier fer noð?" undreðs Alice ą og glämmd åv dyö ą add luvåð aut.

"Sirap", lit Mausstjärin og ugst it umm noð wän an sagde.

"Nų al ig åvå ien rienan kapp", lit Attmäkärn. "Flyttum uos oller."

Mes an sagd so, flytteð an sig ðaitą stuoln so war briewið ånumes. Mausstjärin fygd etter, og ðą tuog Mass-Erin stuoln eter Attmäkäram – og Alice wart tågå plassn eter Mass-Eråm, fast įtt ą edd að wilað. Attmäkärn war iendn so add noð et guoðer ą bytą; að Alice wart eð mitjið sämmera eld för, fer Mass-Erin add just bukåð nið flätkannų ą talldrittjin sänn.

Alice war it lutin noð frutt Mausstjärån noð mįer, so ą byrd ą mjog fersiktut: "Män ig fikk it i eð – war fingg dier i sirap noger?"

"An fąr i wattneð i watubrunnum", lit Attmäkärn, "wiso edd an it sä ulað fą i sirap i ienum sirapsbrunn, stölla."

"Män dier war fel ini brunnäm rieða", sagd Alice að Mausstjäråm og ännst it dyöðar sienestą.

"Dier war fel so", suoräð Mausstjärin, "– eð war fel sumu brunn."

Åv iss swarä wart Alice so illsett atte so ä lit olld ä Mausstjärån nog stjyöra og brylleð it sig.

”Sos sagt war, lärd dier sig leså”, lit Mausstjärin og gäpäð eter swämmnäm og gnukäð sig i ogum, fer an fuor far werd wänest guoðträ'tt, ”og sä las dier ollt so war – ollt so byres min ienum M:e –”

”Wiso min ienum M:e?” spuord Alice etter.

”Wiso ịtte?” sagd Mass-Erin.

Alice tagde.

Nụ teppt Mausstjärin att ogum og willd såvå nån flukk, män mes Attmäkärn nop an, wakkneð an og skräkt til swaguli, og fuortsett: ”– so byres min ienum M:e, sos *måisär, mollạ, minnä* og *maungg*; 'eð war ðä it maungg', bruker an sai, sir ðu – ar ðu si'tt nogär ar it lesið maungg nossn?”

”Um ig al sai sos sannt ir, og ðar ðu spyr etter”, lit Alice gra'nn ferwillað, ”so ugser ig it –”

”Sä edd du it ulað glåmå ellde”, sagd Attmäkärn.

Ittað wart uvmitjið, og fer įtt å dugd bigo sig mes dier war so stjieteliger, rai'tt å sig og kåi'tt jälåk. Mausstjärin såmmneð rað weg, og oðer twer gå'dd its å fuor ðyö, fast å kuogäð atter nog gaungga og uppeðs mjässt dier edd yöpt eter änner. Sienestað å såg war ur ðier jällt å troðå niði Mausstjärån niði tikannų.

"*Dai'tter* far ig ðå ukað so ir įtt noð mįer!" sagd Alice mes å draungneð åv autyr raisą. "Edar war ðå doskligest tikalaseð ig ar weð minn å änn mą ig ar weð til."

Å add it uonneð mield sai ittað feld å i iendier åv trai'mm wart iwari nogum småum dörum so djingg rett inn i leddjin. "Eð war sturunderlit!" ugst å. "Män *ollt* ir so underlit i dag. Ig beller fel far inn dar rað weg." Og inn fuor å.

Nų war å ini åmdar stursaläm et nyeðs, gra'nn innwið edar lissl glasbuordeð. "Isan gaundjin al ig wårå liteð mįer ummigtainkt", ugst å, og sä tuog å rað weg andar lissl gullnytjyln og läst upp dörum að trägardäm. et nyeðs byrd å å nupp åv soppäm (so å add gämt ien bit åv niði fikkun) tast å war ringgum ienn fuot laungg. Etter eð fuor å gainum andar lissl gaundjin, og ðå – að slutą – war å ini åmdar fin og oðerįekumer trägardäm og auti ðiemdar äv og glimänd bliuommsainggum og swal gusåbrunnum.

KAPITEL VIII

Krokketplanä Drottnindjin

Eð war iet sturt törnruostrai nest trägardsgrindn. Ruosur so bliuommeð å ðyö war waiter, män trair trägardsmįestrerer stuoð dar under ðyö og fekteð og måleð diem roðer. Alice tykkt ittað war wänest underlit, og å fuor nämmera og willd kuogå å ðiem. Mes å kam dait ärd å ienndier åv diem sagde: "Pass dig, Fämmą! Skwekt it å mig fergų sånä!"

"Ig kann it inggų råð", lit Fämmą fruttsklin, "Sjuą bukäð fel til að mig i abugån."

Då såg Sjuą upp og lit: "Eð ir bra, Fämmą! Du al olltiett lat uolld dyö nån eller!"

"Eð ir willdest du ter!" sagd Fämmą. Sienest i går ärd ig Drottnindjä sagd du edd tiuont mist ovuð."

"Wiso?" spuord fuostn åv diem etter.

"Wän will du ðyö, Twåą?" suoräð Sjuą. "Eð anngor fel it *dig* noð."

"Dåfel anngor eð *ånum!*" sagd Fämmą. "Og ig will sai åm eð – eð war bar fer an gav tjyökspigun tulpanloką og įtt wanligan lok."

Sjuą wind frą sig mąlerbuosstäm og yöpte: "Dåfel įtt ollder för ar ig ärt tålås umm nån so ar weeð so tuokut ą ökksskaptą –", mes an ollt i seð wart iwari Alice, so stuoð dar og bögleðs ą ðiem, og twertaungneð. Oðrär og såg ringgum sig, og oller bugeð dier sig wänest diuopt.

"Ittje eddið wilað war fretjir og sai åv fer mig", sagd Alice liteð wä'n, "wiso mąlið isjär ruosur?"

Fämmą og Sjuą lit it wið otą kuogäð daitą Twåų. Twåą byrd ą, låg ą mąleð: "Ju, eð sannt ir, lisslfrökin, ir eð edd að ulað wårå iet *ro'tt* törnruostrai, män fuorum i willun so planntireðum ien *wait* ien i stelle, og edd Drottnindjä uort iwari issa, eddum w̦r mistað ovuð ollerijuop. Fer ðyö biuoðum w̦r til ollt eð dugum, sos du sir, föreld å̦ kumb –" Min dyö sumu yöpt Fämm̦, so add böglaðs inter trägardäm, gra'nn wið: "Drottnindj̦! Drottnindj̦ kumb!" Oll trair trägards-m̦estrerär flateð nið sig å̦ grauva. Då̦ ärdes eð ur eð dynd i bokkan sos wär eð mikkl̦ fuotstig, og Alice twerwänd sig, uppstuo'dd få̦ sjå̦ Drottnindj̦.

Fuost kam eð ti klöverknikter, og oller war ðier skapaðer laikt og dierðar trair trägardsm̦estrerär, avlaungger og flater og min nev̦ og fuoț aut frå̦ wår sain örne. Etter ðiem kam eð ti ovmänner; å̦ isum war eð rutär, og ðier kam twer og twer i seð sos kniktär. Etter ðiemm kam kununggskrippär – so mikkler sos ti'e! Dierðar gutug små̦krippär kam trittänd so glaðir og lie'dd wänanan twer og twer, og ðier add ̦ekum̦ järtmömmster. Etter ðiemm kam eð ien uop å̦v bykallum, mjässt å̦v kununggum og drottninggum, og auti ðiemm fikk Alice sjå̦ andar Wait Kanin. An straiðglämäð, issun i afektum, luo að oll so sagdes og fuor ðar framm og gå̦'dd it änner. Sä̦ kam Järter-Kniktn, so add kununggskraungn̦ upå̦ ienum karmosinroðum sammitsobbdkupp; og attest i å̦mdar oðeräver og röselig skå̦rå̦m kam JÄRTER-KUNUNDJIN OG JÄRTER-DROTTNINDJÄ̦ siuover skraiðänd.

Alice twikeð sig um å̦ ulld wind nið sig å̦ grauv sos ðierðar trair trägardsm̦estrerär, män å̦ add ollder ärt eð wär siðn dar eð kam ien slaik festskari. "Attrað dyö: að ukk edd ien slaik skari ulað wå̦rå̦", ugst å̦, "um ollt fuok edd ulað flat nið sig so ̦tt dier edd dugåð sjå̦ an noð?" So å̦ stuoð kwer ðar so däl og bai'dd eter ðyö so ulld werda.

Mes andar skarin add syökt daitað plassäm dar so å̦ stuoð, sta'nneð oller og bögleðs å̦ å̦n, og Drottnindj̦ undreðs å̦, strainggd å̦ må̦leð: "Wän ir iș fer ̦e?" Eð war Järter-Kniktn å̦ spuord um ittað, män an bugeð bar sig og luo og suoräð it noð.

”Tuokskoll”, yöpt Drottnindjä til og wind skollam so ųonäǫðun, og å kuogäð å Alice og spuord etter: ”Ur ietter ðu, kripp?”

”Ig ietter Alice, Ieðes Majestät”, sagd Alice uvändes artin, män å lagd að tyst fer sig siuov: ”Iel andar uopin ir ðå durk įtt noð eller eld ien kuortliek. Eð ir įtt að ingg sjå'ss diemm!”

”Og wän irå *isser* fer nogrer?” spuord Drottnindjä etter og piekt daitå ðiemdar triųo trägardsmįestrerą so låg dar ringgum törnruostrai'tt. Og eð war durk įtt gå'llit witå, dar ðier låg dar å grauva og mömpsträ å baksaiðun war sumu sos ųoðer kammratumes i lietjäm, ukað eð war trägardsmįestrerär, klöverkniktär, ovmännär eld trair åv ännes iegnum krippum.

”Ur al *ig* bell witå eð?” sagd Alice, ferbryllað å war so muossk. ”Eð anngor it *mig*.”

Drottnindjä wart so jälåk so å wart jälldroð um ogų, og säs å add stįeböglaðs å ån sos iet willdkrytyr, byrd å å räm änd autyr: ”Ogg åv ovuð að än! Ogg åv –”

”Tolglam!” lit Alice liuota bistämmd og well å måleð. Drottnindjä taungneð.

Kunundjin lagd nevån å armin að än og ärdes aut so wið: ”Kum ijug, wänn männ, å ir fel it otå ien kripp!”

Män Drottnindjä wänd sig frå åm liuota fertuorvað og sagd að Järter-Kniktäm: ”Wänd upp diem!”

Kniktn djärd so, mjog warli, min ienumdier fuotäm.

”Raitið upp ið!” sagd Drottnindjä til, wass og well å måleð. Dierðar trair trägardsmįestrerär djärd rað weg kautn rett upi weðreð og bugeð sig fer Kunundjäm, Drottnindjin, kunungs-krippum og rästäm åv uopäm.

”Lat wårå ðyöðanä”, rämd Drottnindjä, ”ig werd gra'nn ovuðsyörum åv dyö!” Etter eð wänd å sig ðaitað törnruostrainä og spuord etter: ”Ur *avið* ferið jän?”

”Auw, ferlåt uoss, Nåðelig Majestät”, sagd Twåą og ärdes aut so wä'n og krop å kni, ”willdum bar biuoð til –”

”Ju, ju, eð sir ig sakta”, yöpt Drottnindjä, so add rieskåpåð törnruosur mess, ”– oggið åv ovuð að diem!” Sä fuortsett andar skarin et nyeðs, mes trair klöverknikter sta'nneð kwer og ulld ogg åv ovuð að diemdar wissl trägardsmįestrerum, so kåi'tt daitað Alice og willd å ulld friðå ðiem.

”Įtt indjin al ogg åv ovuð að ið!” sagd åðar lisslkullą, og å rak niði ðiem oll triųo niði ien stur bliuommbytt so war ðar innwið. Dierðar trair kniktär wavleð å ðar noð tag og willd liet att diem, og massireð sä eter kammratum sainum mjog däler.

”Avið eddjeð åv ovuð að diem?” rämd Drottnindjä.

”Dier irå brotte, sos Ieðes Majestät ar sagt til um”, yöpt kniktär; ”dier åvå ferið að Jus fera!”

”Welest”, rämd Drottnindjä. ”Spilär ðu krokket?”

Kniktär lit it wið otą snegleðs daitą Alice, so syöks að faið frågų.

"Ja!" rämd Alice.

"Dą beller ðu kumå sä!" skräkt Drottnindją änd autyr. Alice byrd ą go i lag min oðrum i åmdar skåråm og funndireð auti wän so kam te werd järnest.

"Eð ir – eð ir grannt i weðrą i dag", lit nogär so war wið ą måleð og liteð bliuog. Eð war Wait-Kanin; an djikk briewið ån og snegleðs ą ån ųofriðun i ogum.

"Sturgrannt", lit Alice. "War ir Ertiginną noger?"

"Tjär, taium!" sagd Kanin twert og låg ą måleð. An kuogäð daityvyr erdą og såg aut so wið i ogum mes an glämäð og stelld sig ą tönär min munn gra'nn innað ärą að än og wisäð: "Ą ar uort döðsdyömd!"

"Wiso?" yöpt Alice.

"Sagd du: 'Eð war fel skaðulit'?" spuord Kanin etter.

"Nai, eð djärd ig ųtte", sagd Alice. "Ig tyttjer ðą it eð wär uvskaðulit noð. Ig sagd: 'Wiso?'"

"Ju, fer ą ar yrrvlað til að Drottnindjin –", byrd Kanin ą. Alice sturskwäpäð til og luo. "Wari tyst ollt eð du dug", wisäð Kanin að än gra'nn nipin. "Uwą um Drottnindją edd ärt dig! – Ą kam liteð uvsient, sir ðu, og ðą sagd Drottnindją –"

"Wer og ienn et steðs!" yöpt og stormeð Drottnindją so eð ärdes launggan weg. Oller kåi'tt att og framm auti weroðrum gra'nn ferwillaðer. Etter nog minut sumbleð dier lekwel ijuop sig atte, og spileð byrdes.

Alice tykkt ą add it oller nossn för si'tt ien slaik underlig krokketplan änn mä ą add weð til. Ą war full i fuorum og rännum; krokketkluotą war livändes igelkuotter, klubbur war flaminggofuglär og klöverkniktär fingg krykkel ijuop sig og stand ą nevum og fuotum so eð wart bugir.

I byrånändam war eð mjog djärå að Alice anntir flaminggofugeln sänn. Ą slutą dugd ą åvå kruppin os under and noglund og fuotą slaindjänd. Män sniässt ą add faið til

andar launggåsn so an wart börgt autrettað og ulld til og smell
til að igelkuottäm min skollam flaminggofugläm, ulld edar
kretjeð ųomiens smä atter sig att og kuogå å ån stinn i ogum
og so ferläpin so å dugd it otå far sturlä. Og mes å add weð
guoðtil båt å skollan os að slutä og mient byr å att, war eð
liuota ferstjietelit få sjå ur igelkuottn tugäð aut edar njässtað
að kruppe og liep undå. Attrað dyö war eð nogų fuor eld nogų
ränna so war firi uonde wert å miend slå i weg igelkuottn; og
etersos dierðar ijuopknykklaðkniktär rai'tt sig og massireð åv
daitað oðer saiðun pla'nn sos kringgest, ferstuoð Alice að slutä
ittað war iet uvändes syöklit iet spil.

Oðer spilärär spiläð oller å sumu gaungg og bai'dd its
nąrandum dyö tast eð bar ðiem slå. Dier mjägleð olltiett å
wänanan, og olltiett fuor ðier tågås um igelkuottą. Eð tuold
it laindj noð ellde feld Drottnindjä wart brännarg og fuor ðar

og stampeð fuotäm og rämd "Åv min obbdä að åm!" eld "Åv min obbdä að än!" dåfel iessn i minutn.

Alice fuor werd wänest ụofriðun; å add nụfel it mjäglað min Drottnindjin noð änn, män eð war fieglit å edd kunnað djärå so uonde når. "Og sä", ugst å, "ur edd eð sä gaið min mig, krippwassk! Eð sir aut dier irå wänest lutner ogg åv ovuð að fuotjä jär. Eð ir underlit nogär ienda ir til änn!"

Å såg ringgum sig um eð edd ittað ðå werd nogụ lysa, so å edd bellt stiälås åv og ụtt nogär edd gåeð dyö – mes å ollt i seð fikk sjå noð oðerunderliger upi weðrä. Te far byr min add å it lag å wän dar war, män säs å add böglaðs å eð liuotnụog ienn minut eld tụo wart å iwari eð war noð *flin*, og ðå ugst å rað weg: "Eð ir Gräsmassn – nụ får ig nån glåmå wið að slutä, ig wär so glåmåstinn."

"Og ur gor eð sä fer ðig ðå, lisslkullä mại?" sagd Massn sniässt munn syntes so pass so an dugd glåmå min åm.

Alice bai'dd tast ogụ syntes, og sä nikkeð å skollam. "Eð gnäter it i glåmå wið an noð", ugst å, "feld ärụ åvå kumið framm, dåfel iettdier åv diem." Ien til minut og iel ovuð kam framm, og ðå stelld Alice frå sig flaminggofugeln og byrd å sai åv ur iel spileð djikk til, wänest faingin nogär willd är å. Massn syöks tyttj naug mitjið åv skapnaðim os add kumið framm nụ, og ðå kam eð it framm noð mịer.

"Ig dug då it tyttj eð gor närandum ärli til i iss spilị", byrd Alice å so klägänd å måleð, "og ðier mjägel so an dug its är slaikt an ser siuov dyö, og eð syöks it wårå inggụ årdningg ur an al spilå; og um å finns so ännser it indjin närandum än. Du dug it förestell dig ur underlit eð ir, oll gräjur irå livändes, og ðan sir ig ur bugin ig al slå gainum järnest wavler å gra'nn lungin å oðer plansaiðun. Og just nụ ulld ig til og itt å igelkuottn Drottnindjin, män då kåi'tt an åv just mä ig sykteð min mainum iegnum!"

"Tyttjär ðu umm Drottnindjä?" undreðs Massn å, låg å måleð.

”Nai, ịtte”, sagd Alice, ”ậ ir fel so uvliuo'tt –” Min dyö sumu wart ậ iwari Drottnindjä war ðar gra'nn attånað än og ly'dde, so ậ fuortsett: ”– lutin winna, so eð ir mjässt ịtt að ingg fuortsett min spilị.”

Drottnindjä grậstes og fuor.

”Ukin ir eð du glämär wið?” spuord Kunundjin etter og kam nämmer Alice, brygd sos an war, og gåpeð ậ kattskollan.

”Eð ir ien wänn að mig – ien grậsmass”, suoräð Alice. ”Will du åm noð?”

”Ig tyttjer an ir it noð trivlin ậsjậ”, lit Kunundjin; ”män an fậr puss mig ậ nevån um an so will.”

”Ig edd ellder wilað slipp dyö”, sagd Massn.

”Ig edd it wilað du wär sån stjietelin”, sagd Kunundjin, ”og böglaðs ậ mig slaik.” Mes an sagd ittað gämd an sig attånað Alice.

”Ien mass fậr ðậ wisst böglas ậ ien kunungg”, lit Alice. ”Eð ar ig lesið noger i ien buok, män ig minnes it i ukker.”

”Dậ ulum wịr tjyör åv an”, lit Kunundjin og ärdes aut uvändes wiss ậ sig. An yöpt að Drottnindjin, so just kam dar: ”Tjära ðu, ig edd wilað du edd tjyört åv isanjär massan!”

Drottnindjä wiss it åv otậ ien farningg dar eð wart syöklit, ukað eð war mä liteð eld sturt. ”Åv min obbdä að åm!” sagd ậ og kuogäð ịts åv saiða ðyö.

”Ig will far etter skarpretteram siuov”, lit Kunundjin so änt wið og lagd i weg.

Nụ tykkt Alice willdestað wär far atter att og sjậ ur eð fuor min spilị, fer ậ ärd mậleð ậ Drottnindjin launggt brott og ur ậ iembleð og stormeð. Ậ add rieð ärt ur ậ add dyömt triụo åv spilärum mist laiveð bar fer ðier add it passað turn sänn, og ậ likeð it ittað noð, fer eð add ferið äuti slaikt rumbel so ậ wiss ịts närandum dyö ukaðier eð bar änner slå. So ậ fuor atter att og liet att igelkuottn sänn.

Igelkuottn jällt ậ ridjärås min ienum eller igelkuott, og Alice ugst ittað wär iet slaikt tilfell an edd bellt sykt min ienumdier að oðram. Män werr war flaminggofugeln add feð daitað oðer saiðun trägardäm og paindes og boð til fliuog upi iet trai nog gaungga; män an war gra'nn maktlos og kams it nån weg.

Mes å add weð guoðtil få i an að slutä og ev atter an att, add igelkuottär slutað tågås, og båðer war ðier brotte. "Män eð war ðåfel eð sumu", ugst Alice, "dar oll bugir irå brott frå iss saiðun pla'nn ukað so ir." Og sä knåild å inn flaminggofugeln i abugålyttjų, so įtt an ulld fårå fer än att, og fuor atter og glåmå lit mįer min wännäm sainum.

Mes å kam atter að Gräsmassam atte wart å gra'nn iaipläpt fer åmdar stur fuoksuopäm so add stakkaðs ringgum an. Skarprettern, Kunundjin og Drottnindjä sturmjägleð min weroðrum og glämäð oller trair å sumu gaungg, og oll oðrer tagd og såg aut liuota illsetter.

Sniässt dier fingg sjå Alice, fuorkeð dier ån oller trair og willd å edd ulað sai åv ur ðier ulld fårå. Oller sagd än ur ðier tykkte, män eð war wänest knevlut få i wän dier sagd fer noð, dar ðier glämäð å sumu gaungg.

Skarprettern lit witå ðiem eð wär uomyölit stjär åv iet ovuð um itt dar war indjin krupp stjil dyö frå; an add ollder nossn gart noð slaikt i sain tið og war ðå wisst it lutin noð byr å i ðiemm årum an add kumið upi.

Kunundjin lit sniässt eð war iet ovuð belld an fel ogg åv eð, og an willd it är tålås umm eð noð mier.

Drottnindjä sagd um eð wart it noð gart djienest rað weg so willd å lat ogg åv ovuð að iel uopäm. (Eð war edar sienest glameð so djärd so ollerijuop wart so allwarsammer og wiðer.)

Alice dugd it kum ijug noð eller sai eld: "Massn ärer Ertiginnun til, eð ir willdest spyr *åna*."

"Å sit i finkun", sagd Drottnindjä; "etter än!" Då fikk Skarprettern fuotå undå sig og sett åv so eð obbdeð etter.

Sniässt an add ferið byrd kattovuð å ferswinnas, og mes an kam att min Ertiginnu war eð gra'nn brotte. Då byrd Kunundjin og Skarprettern å weras å auti trägardäm gra'nn muordarger og liet eter ðyö, og rästn åv sellskapä fuor atter att að spilį.

KAPITEL IX

Birettelseð
Falskstjölldkluo'ssun

"Du dug ollder truo ur faingin ig ir få sjå ðig att, frekålisslkull", sagd Ertiginną og tuog Alice frekli i abugålyttją og fuor i weg i lag min än.

Alice war sturfaingin å war å ien slaik guoðstjieð og ugst eð war naug bar pipärn so add faið ån að ien slaik atyttj mes dier add råktas i tjyötją.

"Dar *ig* werd ertiginn iessn", lit å fer sig siuov (um änn å såg it sig ingg uon), "al ig durk ątt inggan pipär *åv ingg* åvå i main tjyötje. Suppą ir naug laik guoð autå – undres å um ątt eð ir pipärn so isser upp fuotjeð so", fuortsett å og belld wið sig, tykkt å, dar å add ittað upp noð ny'tt olld sig kurant wið. "Og åv ätittjun werd dier saurer, og åv luptwaitkulltią werd dier iekner, og – og – åv karamellum og slaik werd krippär fretjir og skamprer. Ig edd bar wilað fuotjeð edd witåð åv issa, so ðier wär it so negluger min dyö sos –"

Å add gra'nn glämmt åv Ertiginnun og wart upi ferunder mes å fikk är måleð ännes gra'nn innwið: "Du sir aut ugs

umm noð, tjär kripp, og fer ðyö glämmer ðu åv glåmå. Ig
minnes it just nų wän an lärer sig åv dyö, män ig lär fel drag
et minnes mig eð i rappeð.”

”Kanstji eð ir įtt noð”, lit Alice so muossk.

”Tolglam!” suoräð Ertiginną. ”An beller lär sig noð åv oll
so ir, bar an ar lag å tag i akt eð.” Mes å sagd ittað, nä’dd å
innað sig ändå nämmer innað Alice.

Alice likeð it itaðjär noð warut. Fuost war Ertiginną so
sturliuot åsjå, og attrað dyö nä’dd å prisiss so ogt so å belld
legg å akų å erdą að Alice, og akų ännes war liuota wass og

firi ollund. Ukað so war willd it lislkullą djienn war avun, so ą fikk tuolå eð besst eð djikk.

"Spileð sir aut go liteð willdera nų", sagd ą so glamų ulld kum i gaungg att.

"Eð djär so", suoräð Ertiginną, "og lärduomin ir: 'Auw, eð ir tjärlietjin, tjärlietjin, tjärlietjin so djär so eð far framter min wärdn'!"

"Ig ar ärt nogär ar sagt", wisäð Alice, "ollt gor willdest jär i wärdn um wer og ienn ųogäs saina!"

"Auw, eð ir gra'nn sumu sak, eð", lit Ertiginną og gnuog min ändar lissl wassakun inn i erdą að Alice mes ą fuortsett: "Og lärduomin ir: 'An so will åvå nötą fąr bait i skaleð fuost'!"

"Ur ą mątt tyttj umm finn att lärduomą i olla!" ugst Alice innum sig.

"Du sir aut ugs wiso ig legg it armin ringgum dig", lit Ertiginną sąs eð add weð tyst ien stjyöra, "män eð ir so ig wet it riktut um andar flaminggofugeln ir frek. Mą ig ul tuorås biuoð til?"

"An bait naug dig", suoräð Alice funndirsammt, fer ą war it noð intressirað i ðyöðaną.

"Naug lär an są eð", sagd Ertiginną. "Flaminggofuglär og sinapin irå wasser båð twer, og lärduomin ir: 'Laik fugler stakkas'!"

"Bar min ånum stjilnaðim sinapin ir it indjin fugel", lit Alice.

"So ir eð fel", sagd Ertiginną, "du dug ðą sai åv so riktut!"

"Ig truor mjässt an ärer stienum til", sagd Alice.

"Du syöks av lag ą slaika", lit Ertiginną, so war rieð olld minn um ollt Alice sagde. "Eð ir ję stur sinapsgruv gra'nn jär innað; og lärduomin ir: 'Ienumes *broð* ir oðrames *doð*.'"

"Män nų wet ig!" yöpt Alice til og wart it iwari sienestą ą sagde. "Sinapin ärer wekkstum til. An sir nųfel it aut sos ję wekkst män ir ję slaik ukað so ir."

”Ig olld gra'nn minn dig”, sagd Ertiginną; ”og lärduomin ir: 'Wari olltiett eð du will sją aut wårå', eld um du will är ur eð ir liteð ienkler: 'Ugs ollder ðu ir oðerwais eld eller edd tykkt du wär eld edd kunnað wårå, *itt* war oðerwais eld wän du edd að werið, edd að tykktas diem war oðerwais.'”

”Ig ugser ig edd ferståeð eð willder”, lit Alice so yövlin, ”um du edd skrievt eð. Eð ir liteð djärå fy ą ðar ðu ser eð.”

”Edar ir fel it noð muot dyö ig wär guoðtil sai ðig um ig edd wilað”, suoräð Ertiginną og tykkt ą belld wið sig.

”Du fąr ðą fel ukað so ir it krassl min nog slaika”, sagd Alice.

”Auw, seg dą it noð um noð krassl!” sagd Ertiginną. ”Ig djäv dig djienn ollt eð ig ar sagt åv juo'tterdags fer itte.”

”Eð war ðąfel ie billig gåva”, ugst Alice. ”Welest an fąr it slaik juolklapp min wännum sainum!” Män ą tuost it sai eð wellt.

”So funndirsamm atte?” spuord Ertiginną etter og bukäð til að än et nyeðs min ändar lissl wassakun.

”Fąr ig it funndir eld?” twersuoräð Alice, so fuor werd wänest illsett.

”Laik mitjið”, sagd Ertiginną, ”og ien grais edd faið fliuoga; og lär–”

Män nu, og Alice wart wänest ferlesin, twertaungneð Ertiginną ollt i seð, boð fast eð war mitt i ðyöðar elsklinggsuordą ännes – ”lärduomin” – og, og armin so war ringgum ån byrd ą stjåva. Alice såg upp og wart iwari Drottnindją stuoð dar gra'nn fråmånað diem og krosseð armum og sos wär eð iet skaurmannsmuoln uvånað än.

”Grannweðreð i dag, Ieðes Majestät!” byrd Ertiginną å, låg og stjåvänd ą måleð.

”Nu ar ig sagt et dags dig iessn uvmitjið”, rämd Drottnindją so eð såt i og liuotstampeð fuotäm ”– iettdier fąr ðu djävå ðig åv jär frą eld og mist ovuð! Eð ir bar te wela!”

Ertiginną twikeð it sig noð. Eð bar åv fer än min dyö sumu sos lysą.

"Ja, nų ðą̊, nų bellum wįr fuortsett min spilį", lit Drottnindją̊ að Alice, so war so laivredd so ą̊ dugd įts låt wið dyö otą̊ skrieð ą̊ attånað än niðað krokketpla'nn.

Oðer bykallär add uort mjog däler mes Drottnindją̊ war it dar og taið att sig noð grandeð i skuggam. Män sniässt dier fingg sją̊ ån kringgeð dier sig byr ą̊ spilå atte, fer ą̊ sagd að diem um dier bar so pass sos waild ien lissl stjyöra, kam eð te kuosst diem laiveð.

Änn mą̊ ðier spiläð mjägleð Drottnindją̊ ą̊ ðiem og stormeð: "Ogg åv ovuð að åm!" eld "Ogg åv ovuð að än!" Diem so wart dyömder fuor klöverkniktär ðaiti finkų min, og ðier belld ferstå'ss įtt wårå ingg krokketbugir noð laingger etter eð. Etter ien åvtaim war ðar ingg bugir kwere, og oller so spiläð fer autą̊ Kunundjin og Drottnindją̊ og Alice war i fainggelsą̊ döðsdyömder.

Dą̊ sluteð Drottnindją̊ mjägel, gra'nn autferin og kaipänd, og ą̊ spuord Alice: "Ittje lär fel du rieð að si'tt Falskstjölldkluo'ssų?"

"Nai", lit Alice, "ig wet įts wän įe falskstjölldkluo'ss ir fer noð dyö."

"Eð ir fel åv änner dier kuok falskstjölldkluo'ssuppų", sagd Drottnindją̊.

"Ig ar its nossn si'tt eld ärt tålås umm nog slaik dyö", suoräð Alice.

"Kåm dą̊", sagd Drottnindją̊, "og Falskstjölldkluo'ssą̊ kumb te sai åv isstorun sain fer ðig."

Just mes eð bar åv fer ðiem, ärd Alice ur Kunundjin sagd låg ą̊ mą̊leð að iel sellskapą̊: "Avið faið ną̊ðą̊ ollerijuop."

"*Welest*", lit ą̊ mjog tyst ą̊ mą̊leð, fer ą̊ add weð að dyö autändes, Drottnindjines guorlieðum farninggum.

Snąrt add dier syökt daitað ienum *rimpe*, so låg dar og duoläð i suolstjinį. (Og wet du it ukin ien slaik sir aut, so

kuogä å målaðkalln!) ”Upp min dig, latwål!” sagd
Drottnindjä, ”og fy isjän unggfrökin daitað Falskstjölld-
kluo’ssun, so å får är isstorų ånumes. Ig får luv kringg mig
atter att og sjå umm nog ovuðsoggningg ig ar sagt til um.”
Sä fuor å og add etter Alice įesumin nest dyöðar rimpäm. Alice
tykkt it umm noð ukað ittað knylldrug krytyreð war åsjå, män
å ugst ukað so war eð wär it noð farliger stå’n nest dyö eld fy
ändar willd og stöllug Drottnindjin etter.

Rimpin sett sig upp frå bokkam og gnukäð sig i ogum. Etter
eð bögleðs an eter Drottnindjin tast įtt å syntes til mįer, og
sä sturskwäpäð an til og luo. ”Auw, ur lyölit!” sagd an boð að
sig siuov og að Alice.

”Wänn sir ðu fer lyölit?” spuord Alice.

”Eð ir fel å so ir lyölin”, lit Rimpin. ”Olltijuop ir bar noð å
les i sig siuov og eller – jär werd it indjin åv min obbdä, wet
ig. So til, kåm nų!”

”Ur ðier kunndir an jär oller”, ugst Alice mes å tusäð å
attånað Rimpäm. ”Ollder för ar nogär stjuo’ssað umringg min
mig nįrandum änn mä ig ar weð til, nai, įtt ollder.”

Dier add it kumið noð launggt feld dier fingg sjå Falskstjölldkluo'ssą såt brotter ðar ą ien lissl skerell, ęsumin og lie'ssn, og mes dier kam nämmera ärd Alice ur an sukkeð sos wär järtað rieð brussn sund. Å tykkt wisslan an wänest. "Wän ir eð so gor åm so et laivs?" spuord ą Rimpin. Män Rimpin suoräð mjässt laikt og för: "Eð dar ir noð so an bar wątter, eð ir it noð so edd byövt go ånum að laivą wet ig! Kåm nų!"

So ðier fuor ðaitað stjölldkluo'ssun. An såg ą ðiem min tårär lopänd i sturogum sainum män lit it wið.

"Isųjän unggfrökin", sagd Rimpin, "edd djienn wilað du edd sagt åv isstorun dain fer änner."

"Naug al ig fel eð", lit Falskstjölldkluo'ssą og ärdes aut so iuol og well ą måleð. "Settjið ið båð twer; män ętt indjin fąr låt wið feld ig ar taungnað."

So ðier sett sig, og indjindier lit wið i flier minuta. Alice lit fer sig siuov: "Ur al an bell taungin nossn dar ętt an yppner munnäm ollder?" Män ą bai'dd boð tuolun og bistjielin.

"Iessn", sagd Falskstjölldkluo'ssą að slutą og sukkeð frą launggt niði, "war ig ęe riktug stjölldkluo'ss."

Etter isų uordą wart eð tyst noð laindje, og eð ärdes it noð otą ðar Rimpin rymskeð sig framm og framm – "Hjkkrrh!" – og mes Falskstjölldkluo'ssą snykkst autändes. Alice ugfelldes uvändes rait sig og sai: "Tjär tokk, ärrn, fer isjär intressant isstorų ðain", män sä ugst ą: "Eð fąr fel luv kumå noð męer", og ą såt kwer og lit it wið.

"Mes warum kripper", sagd Falskstjölldkluo'ssą að slutą, noð grandeð däler, fast an snykkst liteð inn millą, "djinggum węr fel i skaulam auti avų. Lärern ųor war ęe gåmål stjölldkluo'ss – brukeðum ekks an fer Skaulkluo'ssų –"

"Wiso kolldið an fer Skaulkluo'ssų, dar ętt eð war nammneð os?" willd Alice witå.

”Kolldum an fel Skaulkluo'ssų fer an jällt skaulan!” sagd Falskstjölldkluo'ssą wänest frundun. ”Ur beller ðu wårå so tolun!”

”Du edd ulað skämmas åv set ą uos slaik tolfrågur”, lagd Rimpin að, og sä såt dier ðar båðer twer og lit it wið og gåpeð ą åðar wissl Alice, so war rieð sikk niði bokkan. Að slutą lit Rimpin að Falskstjölldkluo'ssun: ”Set i gaungg nų, bruoðer männ! Sit it dan slaik iel da'n og gåpe.” Dą fuortsett an min isum uordum:

”Ju, djinggum fel, sos sagt war, i skaulam auti avį, fast kanstji truoið it mig –”

”Eð ar ig fel it sagt ollder”, lit Alice.

”Ju, eð djärd du fel”, sagd Falskstjölldkluo'ssą.

”Teg!” yöpt Rimpin iną Alice wann sai noð. Falskstjölldkluo'ssą fuortsett:

”Wartum sakt wįr bra fųostraðer – djinggum i skaulam wänn dag –”

”Eð ar fel *ig* gart og”, sagd Alice, ”eð war fel it noð skrepp åv.”

”Addið nogų tilleggsämmin?” spuord Falskstjölldkluo'ssą etter noð grandeð ųofriðun.

”Ja”, lit Alice: ”franskų og musitjin.”

”Og *twå?*” lit Falskstjölldkluo'ssą.

”Nai, wisst dąfel įtte!” suoräð Alice so bäg.

”Oo! Män sä war eð fel it indjin riktut äv skaule”, sagd Falskstjölldkluo'ssą so karulin. ”I ųorum skaul las eð olltiett ą rekknindjin: 'Fer franskų, musitjin *og twättn*: tilleggskuostnaðir'!”

”Ittje eddið fel just að byövt bitålå fer twättn, dar byggdið niðą avsbuottnäm”, tykkt Alice.

”Að mig war fel edar it råð til lär sig”, lit Falskstjölldkluo'ssą og sukkeð; ”ig fikk fel bar åvå ollų wanligų skaulämmin.”

”Wän war eð fer nogų?” undreðs Alice ą.

”Fuost *läka* og *draiva*, ferstå'ss”, suoräð Falskstjölldkluo'ssą; ”og sä *rekkinlärą* min diemdar fiuorum rekkinsettum: *ambisiuonäm, distraksiuonäm, liuotifikasiuonäm* og *dirisiuonäm*.”

”Ig ar ðą it ollder ärt tålås umm 'liuotifikasiuon'”, tuost Alice saia. ”Wän mienes min dyö?”

Rimpin lypteð upp båðum tassum liuota brygd. ”So ðu ar it ollder ärt tålås umm *liuotifikasiuon?*” yöpt an. ”Du lär fel witå wän so mienes min *ävifikasiuonäm*, edd ig kunnąð truo.”

”Juu”, lit Alice og twikeð sig, ”min dyö lär fel mienas djärå – djärå noð – ävera og grannera.”

"Ja, just so", fuortsett Rimpin, "og wet du sä it wän *liuotifikasiuon* ir, fär ðu luv war wänest tolun."

Alice war it noð lutin byr å min nogum eller frågum um edar otą wänd sig ðaitað Falskstjölldkluo'ssun og lit: "Wän war eð fer noð mjer finggið lär ið?"

"Ja, fuost war eð fel *fiskstorą*", suoräð Falskstjölldkluo'ssą og rekkneð ämmną å frammtassum sainum. "Fiskstorą, boð gamblerą og nyerą, i lag min *sju'ografi*; og sä war eð fel *fliuota* – fliuotlärärn war ien gåmål avsål, so kam iessn i wikun og lärd uos *fliuota, uoðå* og *glyöt auti olun*."

"Ur djikk *slaikt* til?" spuord Alice etter.

"Ja, eð ir ig it guoðtil lat sjå ðig nų", sagd Falskstjölld-kluo'ssą. "Ig ir it naug mjoklin i kruppäm; og Rimpin fikk fel ollder lär sig eð."

"Ig war it liðun", sagd Rimpin. "Män ig djikk andar gambelmųoðug we'n; lärern männ war ję gambelkrabb wet ig."

"Ig djikk ollder nest ånum", lit Falskstjölldkluo'ssą og sukkeð; "an iess að lärt aut lätineð og grainskų."

"Ja, ja, naug fer an so djärde", sagd Rimpin og sukkeð boð ann og, og båðą krytyrą gämd kråi'ssą i tassum sainum.

"Og ur mikkel taim addið fer da'n?" spuord Alice etter og willd få til noð eller glam.

"Ti taima fuost da'n", sagd Falskstjölldkluo'ssą, "ni taim oðer da'n, og laikt framyvyr."

"Eð war fel ję underlig farningg!" yöpt Alice.

"Wiss du it åv eð stytter dagum såną i skaulam?" spuord Rimpin etter.

Ittað war ðą gra'nn ųokunut fer Alice, og å funndireð noð grandeð föreld å sagd noð mjer: "Då lärdir fel að weð liðuger å elläpt daäm?"

"Ja säkert", sagd Falskstjölldkluo'ssą.

"Män ur fuorið sä å tolpt daäm?" undreðs Alice å gra'nn ekkster.

"Nu̧ dug edar um skaultaimą", sagd Rimpin og ärdes aut oðerkuranter. "Nu̧ beller ðu fel sai åv fer än wän läktum fer noð i stelle."

KAPITEL X

Ummerdansn

Ur an liuotsukkeð Falskstjölldkluo'ssą og torkeð sig yvyr iel kråi'sseð min ienumdier frammtassäm. An bögleðs ą Alice og edd wilað glåmå, män i ien par minut syöks an ränn yr åv dyö an snykkst so. "An lär fel að faið niði iet bien niði åsn, ugser ig", lit Rimpin og byrd ą skåkå an og dunk an attri ryddjäm. Að slutą war an guoðtil glåmå att, og mes tårär liep ni'tter annlitum fuortsett an sai åv såną:

"Du lär fel it að weð auti avį so mitjið, edd ig trueð —" ("Nai, wisst dąfel įtte", sagd Alice) "—, og ðu mątt its að uort bikannt min ienum ummer ðyö —" (Alice itteð ą far til og sai: "Iessn ar ig småkåð —", män ą twertaungneð og lit: "Nai, ollder!") "—; dą dug du fel įts förestell dig ur oðertrivliger og fin ien ummerdans ir ellde!"

"Nai, ulld ig eð?" sagd Alice. "Wän ir eð fer ien dans?"

"Juu", lit Rimpin, "fuost stell dier upp an i rað eter avsstrandn —"

"Twär räðär!" yöpt Falskstjölldkluo'ssą. "Selą, stjölldkluo'ssur, lakksą og so undą fer undą. Og sä, mes an ar ry'tt undą oll manįeta —"

"*Eð* bruker fel it go so strai'tt", lit Rimpin.

"– gor an framter tuogaungg –"

"Wer og ienn min ien ummer fer dam!" yöpt Rimpin.

"Ja säkert", jällt Falskstjölldkluo'ssą minn; "an far framter tuogaungg, danser muot damin sain –"

"– byter umm ummräm og far atter att upå sumu wis", fuortsett Rimpin.

"Og ðå! wet ig", sagd Falskstjölldkluo'ssą, "winder an –"

"Ummrum!" yöpt Rimpin til og djärd kautn upi weðreð.

"– lainggst auti aveð an dug –"

"Simer etter ðiem sä!" rämd Rimpin.

"Stypples åv å obbdä auti wattnä!" wäld Falskstjölldkluo'ssą og drust umringg gra'nn stöllun og djärd kautą.

"Byter umm ummrum iessn", illskri'eð Rimpin noð uoferkristeli änd autyr.

"Og sä atter að strandn att, og ittað war nu iel fuost wändą", sagd Falskstjölldkluo'ssą og ollt i seð ıtt so well å måleð laingger; og båðä krytyrä, so add drust dar og gart kautą olltiett sos wär ðier wel stölluger, sett sig et nyeðs, gra'nn skamprer og stjäliger nu, og bögleðs daitå Alice.

"Eð mått fel edar war wänest ien lyölin ien dans", lit Alice fer sig siuov.

"Edd du ugfelldas få sjå an?" spuord Falskstjölldkluo'ssą etter.

"Ja, naug edd ig sakt ugfelldas dyö!" suoräð Alice.

"Kåm juot då, so biuoðum wır til min fuost wändun!" sagd Falskstjölldkluo'ssą að Rimpäm; "eð lär ðåfel wel go för sig autå nog ummer. Ukin al kweðå?"

"Uwą, *ðu* får kweðå", lit Rimpin. "Ig ar glämmt åv uordum."

Og nu byrd dier å dans ringgum åðar lisslkullu so röseliger i afektum og troðäð upå tönär að än framm og framm wessn dier kam uvnär og flakkseð frammtassum so ðier ulld war

guoðtil olld taktn, mes Falskstjölldkluo'ssą kwað smą̊'tt og
ieðloskli iss wessą: –

"Will du kringg dig nų?" ien waitfisk að ien raingsl so ekkster
    lit;
"sją̊ ur seln rieð mig troðär upą̊ styörrtn jän ien bit,
mes boð stjölldkluo'ssur og ummrer upą̊ strandn twer og twer
baið so ekkstrer og so flukkser! Kåm min uoss og dans, ig ser!
    Will du fy uoss, will du fy uoss, will du fy ą̊ dans?
    Will du fy eld will du įtte? Will du fy ą̊ dans?

Du må truo ur litt og lyölit auti wågänd sju'mm eð ir,
ðar ðier wind boð uoss og ummrum og an iela aveð sir!"
"Auw, ur launggt og strai'tt", lit raingslą, "nai, eð beller ðą it
*   go."*
Ą so frekli fistjäm tokker, "män eð ir it faränd so!"
*   Willd it, belld it, willd it, belld it, willd it fy ą dans.*
*   Willd it, belld it, willd it, belld it, belld it fy ą dans.*

"Män uonde wert og ur eð far", so suoräð waitfistjin,
"launggt auti fy ðu etter uoss – du fąr ðą luv war minn!
Frą Ainggland werd eð nų ię ferd að Fraunkritją et manns;
upą ien strand i slaik nog land eð werd ien eller dans!
*   Will du fy uoss, will du fy uoss, will du fy ą dans?*
*   Will du fy eld will du ịtte? Will du fy ą dans?"*

"Tjära tokk, eð war liuotintressant fy ą isumjär dansäm",
sagd Alice, fast ą belld wið sig wänest mes an sluteð að slutą,
"– og ur lyölin andar saundjin um waitfistjin war!"

"Juu ðą, äränd waitfistjäm til", lit Falskstjölldkluo'ssą, "an
– du lär fel að si'tt waitfiską, mąwitå."

"Jaa", suoräð Alice, "ig ar sakt si'tt diem kringgt nest mid–
" Jär twertaungneð ą.

"Ittje wet nųfel ig wän *Mid* ir fer ien plass, män um du ar
si'tt diem so kringgt, lär ðu fel du witå ukker ðier sją aut."

"Ja, ig truor ðyö", suoräð Alice liteð fundirsamm. "Dier bait
sig i styörrtn, og sä åvå ðier full kruppin i broðsmuolum."

"Äränd broðsmuolum til, so far ðu i willun", lit Falskstjölld-
kluo'ssą. "Smuolur edd fel skuoldas åv i rappeð auti avị. Män
naug bait dier sig sä i styörrtn, og eð ir ferðyö –" (Nų gäpäð
Falskstjölldkluo'ssą eter swämmnäm og blundeð att ogum.)
"Seg åv fer än du wiso – ig ir so ferin", sagd an að Rimpäm.

"Ju, ðier fårå so", lit Rimpin, "fer ðier willd *ųomiens* fy
ummrum i dansäm. Ferðyö wart dier autsuolaðer i aveð.
Ferðyö fjäll dier nið wänest ien bit auti. Og ferðyö fassneð

styörrtär i munnäm að diem. Og sä dugd dier it få autyr ðiem att. So ir eð.”

”Tjär tokk fer”, sagd Alice. ”Eð war wänest lyölit, ig ar it ollder för ärt so mitjið um waitfistjin.”

”Ig beller sai åv mjer um an fer ðig um du will”, lit Rimpin. ”Wet du wiso an ietter waitfistjin?”

”Ig ar ollder funndirað nuð auti ðyö”, suoräð Alice. ”Ja, wiso ietter an so?”

”Ju, fer *an anntirer skuoną og styvlä*”, suoräð Rimpin wänest röseli.

Alice såg aut uvändes ferlesin. ”Anntirer skuoną og styvlä?” las å etter, uvändes ferbryllað.

”Ja, ur fårå ðier min dainum skuo'mm?” undreðs Rimpin å. ”Ig miener: ur bell dier werd so blaunker?”

Alice såg niði å ðiem og funndireð nuð tag inå å suoräð. ”Ig truor ðier werd swartsmuorder min nog djietblakk åv noger”, sagd å sä.

”Män skuonär og styvlä so irå niði avị”, fuortsett Rimpin, og måleð ärdes sos frå noger launggt niði, ”dier werd it swartsmuorder, dier *waitlitås*, og eð djär waitfistjin. Nụ wet du eð.”

”Og åv ukk irå skuonär garer?” undreðs Alice å liuota brygd.

”Åv ålstjinnä ferstå'ss”, suoräð Rimpin so ụonåðun. ”Eð edd fel uonde ukụ jåma að dugåð sai ðig.”

”Um ig edd að werið waitfistjin”, lit Alice, so funndireð auti waisun änn, ”so edd ig að sagt að seläm: 'Tjär, fari atter att! Wilum it åvå ðig minn uos noð!'”

”Dier fingg luv åvå an minn sig”, sagd Falskstjölldkluo'ssą; ”ịtt indjin fisk so ar noð lag å far nån weg autą sel.”

”Og wiso it eð sä?” undreðs Alice å og ärdes aut mjog ferlesin å måleð.

”Eð ir fel gra'nn sos eð al”, lit Falskstjölldkluo'ssą. ”Um eð wär so ien fisk edd kumið daitað mig og sagt an ülld i weg å ien ferd, edd ig fel spuort an rað weg: 'Wän ar ðu fer *säl* að dyö?'"

"Jasso, ðu miener *stjäl*", sagd Alice.

"Ig miener eð ig ser", suoräð Falskstjölldkluo'ssą mjog frutt. Og Rimpin lagd að: "Kåm jųot og lat är uos dainų äväntyr."

"Naug edd ig bellt sai åv fer ið um äväntyrą mainų, um ig byrer ą min isum daäm", lit Alice liteð småråðun ur ą ullde, "män eð ir ịtt að ingg far atter að i går, fer ðą war ig gra'nn ịe eller mänistj."

"Seg åv ur ittað beller birim sig", sagd Falskstjölldkluo'ssą.

"Nai, nai! Fuost wilum wịr fą är um äväntyrą", yöpt Rimpin liteð ųofriðun. "Ur noð beller birim sig byöver an it witå brå'tt."

Og Alice byrd ą sai åv äväntyrum sainum frą ðyö ą fuost add faið sją andar Wait Kanin. Te far byr min war ą liteð ųofriðun, fer krytyrą nä'dd inn sig að än mjässt dier dugd båðer, ienn ą wårðier saiðun, og bögleðs ą ån sturer i ogum og gäpäð so räskli, män ą wart ukað so war muossker ðyö laingger ą kam i birettelseð sett. Dierðar båðer so ärd ą lit it wið feld ą sagd åv ur ą add lesið upp *Du ir gåmål, William-faðer* fer Åmun og ur ollų uordą add uort ummstjiptaðer. Dą wąst Falskstjölldkluo'ssą frą launggt niði og lit: "Eð war fel wänest underlit!"

"Ja, eð ir ðąfel mjog underligestað ig ar ärt nossn", lit Rimpin.

"Eð wart fel gra'nn brott i tuok min ollum uordum!" lit Falskstjölldkluo'ssą mes an ugst etter. "Eð wär lyölit är ur ą edd lesið noð autyr nų. Är ą um ą edd wilað byr ą." An bögleðs daitą Rimpin, sos edd an ugst isn wär nogär bis åv noger yvyr Alice.

"Stell dig og les *Og latwåln klägäð!*" yöpt Rimpin.

"Uwą, ur isų krytyrą kunndir an og twingg an les upp lekksur!" ugst Alice. "Eð ir ðą gra'nn sos ig wär i skaulam." Ukað so war rai'tt ą sig og byrd ą les upp diemdar wessą. Män nų war eð so, so ovuð ännes war fullt i åmdar Ummerdansäm, so å wiss it nąrandum wän å sagd fer noð, og uordą wart gra'nn brott i tuok: –

"Og ummern, an klägäð: 'Ig wet ur eð far
ðar ðier stietj mig: ig sokkreð i åreð dą tar!'
Sos ien knaip ar fel krukksn, andar add ien taut,
og min ånum an wänd fel boð fuotą og aut.
Og ðar sandn ir tuorr an so karulin ir
og syöks wil fassn ą andar fistjin ąn sir;
män bar wattneð, eð oker min aią ðar i
an so bistjielin äres – eð werd iet bismi!"

”Edar war ðǫ it nǫrandum noð laikt dyö *ig* brukeð les upp mes ig war kripp”, klägäð Rimpin.

”Ig wet it ig nossn ar ärt eð för”, sagd Falskstjölldkluo'ssǫ; ”män eð syöks wårå ịe uvliuot myða.”

Alice lit it wið otǫ såt dar og gämd kråi'sseð i nevum og funndireð um noð *nossn* mịer kam te go til sos til ulld go.

”Ig edd djienn wilað witå ur slaikt beller birim sig”, lit Falskstjölldkluo'ssǫ.

”Ǫ ir it guoðtil sai åv dyö”, lit Rimpin so frundun. ”Drag ǫ min oðer wessäm nụ.”

”Män ur war eð min fuotum nụ atte!” gnuog Falskstjölldkluo'ssǫ ǫ. ”An lärd fel it ollder war guoðtil wänd aut diem min tautäm wet ig!”

”Eð ir fuost stellnindjä i dansstigum”, ugst Alice, män ǫ wart so ferwillað auti oll issa so ǫ edd tråeð að wänd umm blað.

”Drag ǫ min oðer wessäm”, las Rimpin etter tuolmụoðslos. ”An byres: *Ini trägardn kam ig.*”

Alice tuost it otǫ djärå sos an sagde, fast ǫ wiss eð ulld werd galið att olltijuop, og ǫ byrd ǫ, stjåvänd ǫ måleð: –

> *”Ini trägardn kam ig og jätå fikk sjǫ,*
> *og Pantern og Uglǫ min dyö ulld byr ǫ.*
> *Män Pantern syöks kekks fel boð tjyöt og ien fisk*
> *fer Uglun, so fikk ịtt åv ingg ot' nån disk.*
> *Og sä lekwel Uglǫ wart lönd min bistjieð,*
> *fer änteli fikk ǫ ðǫ tågå ien stjieð.*
> *Män Pantern, an add fel boð gaffel og knaiv –*
> *eð sluteð so Uglǫ, ǫ fikk it niụot —”*

”Að ukk al slaikt tolglam wårå”, brot Falskstjölldkluo'ssǫ åv, ”– dar ịtts du ser åv wän eð bityðer ðyö? Eð ir ðǫfel wesst myðǫ *ig* nossn ar ärt!”

”Ja, eð ir willdest du sluter”, sagd Rimpin, og Alice war sturfaingin få slipp dyö.

”Ulum wir biuoð til min oðer wändun åv Ummerdansäm?” fuortsett Rimpin. ”Eld will du ellder Falskstjölldkluo'ssa edd ulað kweðå ien saungg fer ðig?”

”Auw ja, ien saungg får eð werda, um Falskstjölldkluo'ssa edd wilað war so frek”, lit Alice so að eddjin so Rimpin lit, wänest fruttsklin: ”Mhm! Milumað tyttjer an uolaikt nogum eller! Kweð andar wessn um *Stjölldkluo'ssuppu* fer än du, gubbin!”

Falskstjölldkluo'ssa sukkeð so tunggt og ärdes aut närandum ränn yr fer an snykkst so mes an kwað iss wessa: –

”Og jän ir ie suppa,
i ferg slais ie tuppa,
so fiet og so fin!
Naug lyster an uppa
fer slaika ien suppa,
elld i ien iekumterrin!
 Guoo–ooð suu–uuppa,
 Guoo–ooð suu–uuppa,
mee–eektug suu–uuppa,
 ee–eelld i ien iee–eekumterrin!

Ittje edd ig ðå småkåð
it noð so wär båkåð
eld fugeln eld tjyöteð eld åln,
fer ig wet åv ien suppa –
i änn will ig duppa –,
ien supp niði stimbänd skåln!
 Guoo–ooð suu–uuppa,
 Guoo–ooð suu–uuppa,
mee–eektug suu–uuppa,
 Suu–uuppa i stii–iimbänd SKÅLN!”

”Umkweðnindjä iessn!” yöpt Rimpin, og Falskstjölld-
kluo'ssą add just byrt å kweðå ån et nyeðs mes nogär yöpt frå
noger brottåter: ”Dier åvå byrt å tålås wið yvyr Sturbuordeð!”

”Då fåmm wįr kringg uos!” yöpt Rimpin og fikk i nevån að
Alice og drust i weg so eð obbdeð etter og ännst it slutą å
saundjäm.

”Wän ir eð fer noð glam yvyr Sturbuordeð?” undreðs Alice
å mes å kåi'tt dar gra'nn kaipänd, män Rimpin suoräð it otą
”Kringge ðig!” og kåi'tt ändą straiðer, i ðyö minn og minn åv
isumjär ieðlosuordum kam etter ðiem min lyilinggum: –

”Mee–eektug suu–uuppa,
suu–uuppą i stii–iimbänd skåln!”

K A P I T E L XI

Ukin stal bakelsą?

Mes dier kam dait såt Järter-Kunundjin og Järter-Drottnindjä i ogsätą sain min ien sturan fuoksuop ringgum sig – småfuglą og eller krytyr åv ymsum slagum og auti ðiem iel kuortlietjin. Fråmånað diem stuoð Järter-Kniktn i andklovum, og twer klöverknikter wakteð ą wårsain saiða; innwið Kunundjin stuoð Wait-Kanin min iet mesingguonn i ienumdier nevåm og ien pergamäntrull i oðram. Mitt i ruomą war ðar iet buord og upå ðyö ien stur talldrikk min bakelsum. Dier såg aut so smakuliger so Alice wart liuota unggrun bar mes ą kuogäð ą ðiem so winskli. – "Bar ðier edd wilað djär undą edar glameð yvyr Sturbuordeð snąrt", ugst ą, "og sä biuoð ą snavlinggum!" Män eð såg it aut sos wär eð nogų uon, so ą byrd ą böglas ringgum sig i ruomą so ą ulld åvå noð uonå sig ą.

Alice add nųfel ollder för werið i nogum ogera duomstuol, män ą add lesið um slaika i byökum sainum, og ą war faingin ą wiss ukað so war wän dier war fer nogrer mjässter so war samblaðer ðar. "Edar ir duomern", ugst ą. "Ig kännes wið an fer an ar ien sturan pirukk ą sig."

Män duomern, eð war fel įtt indjin eller eð eld Kunundjin siuov. etersos an add kraungnų uvånå piruttjäm (kuogä å målaðkalln fuost i buotjin, får ðu sjå ukin an såg aut) syöks an it bell wið sig noð warut, og an war įts noð fin dyö otå bar skammliuot åsjå.

"Og ðanä sjå, daiti båsä ðan, ul nämdkallär wårå", ugst Alice, "og ðierðar tolv kretjä –" (å kolld diem so fer summer war fugler og eller add fiuor fuota) "– ig ugser ðier irå *nämdä*." Itaðjär sienest uordeð sagd å umm tųo triųo gaungga fer sig siuov, fer å war įtt so liteð stur å sig yvyr ðyö; å ugst, sos eð war fel og, įtt otå noger fåer åv småkullum so war laik gambler og å wiss åv nog slaika. (Eð ferstå'ss, å edd so djienn að bellt koll diem fer "nämdä" eld og "tolvmännä".)

Dierðar tolv war liuota ekkstrer oller skriev å rekkintavlur sainer. "Wän olld dier å min?" wisäð Alice að Rimpäm. "Eð ir fel įtt noð skriev um nų, föreld glameð yvyr Sturbuordeð ar byrdas?"

"Dier skriev upp nammnä sainų", wisäð Rimpin, "fer ðier irå wiðer ðier ul fårå og glämm åv diem feld eð ir yvyrað min glamä."

"Ukų tolugų krek!" sagd Alice fertuorvað og well å måleð, män å twertaungneð mes Wait-Kanin yöpt: "Taiir fråmånað duomstuoläm!" Og Kunundjin sett å sig glasogų sainų og bögleðs ringgum sig mjog wið og willd sjå ukin so glämäð.

Nų wart Alice iwari, laik bra og edd å að kuogåð daityvyr erdär að diem, ur oll tolv skrievd upp "Tolugų krek" å tavlur sainer, og å såg og ur ienn åv diem wiss it ur an ulld ståvå að "tolugų" otå fikk luv är å min grannam sai åm eð. "Eð werd naug įe sturäv myð å tavlum að diem feld glameð ar slutað!" ugst Alice.

Ienn åv nämdkallum add ien griffel so liuotgnileð. Iss dugd fel įtt Alice bigo sig min, otå å djikk autringgum i ruomä og stals åv attrum an og fikk råðruom ryttj åv åm griffeln. Ittað djikk so strai'tt so andar wissl lisslnämdkalln (eð war fel Jugå,

åðar lissl ålåellạ) add it lag ạ̊ ur an add uort åv min åm. Og
säs an ụomuns add lie'tt eter åm ollstaðs og faið tag tuomt,
fikk an luv skriev min iendier finggrạ̈ ån tið so kwer war – fast
eð gnạ̈'tt it i, fer eð wart ịts ịe flog ạ̊ tavlun dyö.

"Uonnblåser, kåm jụot og les upp wän dier irå̊ skulldaðer
fer!" sagd Kunundjin.

Etter eð stjyrrpeð Wait-Kanin triụogaungg i uonneð og tyld
sạ̈ upp pergamäntrullan og las upp ittað: –

Nog kakur wag ịe Dam ien dag
og add diem upp i rað.
Män um noð tag iet Knikt-avswag
min oller fuor umstað!

"Taintjið etter nụog ur ulið dyöma", sagd Kunundjin að
nämdkallum.

”Baiðir liteð, baiðir liteð”, tweryöpt Kanin. ”Eð ir fel noð mitjið ulir tag i akt firiað.”

”Seg að fuost wittną̊ kum framter”, lit Kunundjin. Dą̊ stjyrrpeð Wait-Kanin triųogaungg i uonneð og yöpt: ”Fuost wittneð al kum framter!”

Fuost wittneð war Attmäkärn. An kam inn og jällt i ien tikapp i ienumdier nevåm og ien gą̊s i oðram. ”Ig bið um ursekt, Ieðes Majestät”, byrd an å, ”fer ig ar ittað minn mig; män ig add it gra’nn druttjeð rieð ti, mes ig fikk buoð eter mig.”

”Du edd að ulað slut för”, sagd Kunundjin. ”Nå̊r byrd du ą̊?”

Attmäkärn kuogäð daitą̊ Mass-Erån, so add fygt åm inn i tinggssaln min Mausstjärån i abugą̊lyttjun. ”Fiuortund mass, *truor* ig eð war.”

”Fämmtundan”, lit Mass-Erin.

”Sjäkkstundan”, lagd Mausstjärin að.

”Skrievið upp eð”, sagd Kunundjin að nämdkallum, og ðier skrievd upp ollų tråi talą̊ å tavlur sainer straiðest dier wanna, lagd ijuop diem sä og iemmneð aut diem að kruonum og örum.

”Tag åv dig attn dänn”, sagd Kunundjin að Attmäkäram.

”An ir it männ”, lit Attmäkärn.

”*Stuolin!*” yöpt Kunundjin að nämdkallum, so skrievd upp eð rað weg upå eð dier ulld minnas eð.

”Eð gor fą̊ tjyöp an”, sagd Attmäkärn. ”Ig ier it inggan siuov. Ig ir attmäkär.”

Nų sett Drottnindją̊ å sig glasogų sainų og byrd å liuotböglas å Attmäkäran, so wart wait um ogų og såg aut wänest ųofriðun.

”Nų al du wittn”, lit Kunundjin. ”Og lat it räð dig – umm, will ig djär änd å ðig rað weg.”

Ittað syöks it djärå̊ wittneð noð muossker, og so stuoð dar so ųofriðun og sty’dd sig änn å ienumdier fuotäm, änn å oðram og stjebögleðs å Drottnindją̊ so liuotwið og war so brännredd so an biet åv ien sturan bit åv tikappäm i stell fer åv gąsn.

Min dyö sumu fuor Alice känn åv nog wänest underlig og wart uvändes ųofriðun, tast ą ferstuoð wän eð war: ą add feð wekks atte. Å war fuost tainkt rait sig og far autyr ruomä, män sąs ą add ugst etter åv og til, bistämmd ą sig ą ulld stą'n kwere, änn mą ą ryömdes dar.

"Ig will du lat wårå klämm mig såną", lit Mausstjärin, so såt briewið ån. "Ig dug mjässt it wąsa."

"Ig kann it inggų råð", suoräð Alice og ärdes aut so wä'n. "Ig olld ą wekksa."

"Min ukum ar ðu faið luv umm wekks noð *jär?*" undreðs Mausstjärin ą.

"Tolglämä it slaik", lit Alice wiss ą sig; "du wekkser fel du og, edd ig wilað truo."

"Ja, män *ig* wekkser ðąfel laikt noger, ig", lit Mausstjärin, "og ųtt upą edar stöllug wiseð sos du." Og sä rai'tt an sig og fuor gra'nn avun og frundun daitað oðer saiðun åv ruomä.

Iel tiðą add Drottnindją elldeð ą stųeböglas daitą Attmäkäran. Sniässt Mausstjärin add ferið twert yvyr ruomeð, sagd ą að ienum auti bitjäntum: "Jųot min listų yvyr saunggerum ą sienest spilmannsstämm- nun!" Dą fuor andar wissl Attmäkärn stjåv so uvliuo'tt so an itteð ą skåkå åv sig båð skuoną.

"Nų al du wittn", sagd Kunundjin iessn, wänest uonąðun, "ellest will ig djienest djär änd å ðig, ukað mä ðu werd autsett fer skakun eld ̣tte.”

”Ig ir ien fattin mann, Ieðes Majestät”, lit Attmäkärn stjåvänd å måleð, ”og ig add it djärå naug byrt å min ti main änn – ̣tt noð laingger eld ien wiku eld twär – og ðar gåsär wart so mainktuger og ti fuor tinå –”

”*Wänn fer noð* war eð so tinäð?” spuord Kunundjin etter.

”Eð byrdes min ti”, suoräð Attmäkärn.

”Eð witå fel oller *tinå* byres min ienum *ti’e*”, sagd Kunundjin wass å måleð. ”Tyttjer ðu ig ir ien slaik tolskoll? Kringge ðig nụ!”

”Ig ir ien fattin mann”, erkt Attmäkärn å; ”og etter eð war eð so mitjið so tinäð – män Mass-Erin lit –”

”Eð djärd ig ðå durk ̣tte!” kringgeð sig Mass-Erin sai inn millå.

”Juu, du djärd so”, sagd Attmäkärn.

”Ig naiker að dyö!” lit Mass-Erin.

”An naiker að dyö”, sagd Kunundjin, ”so byövið it bråk skollan min dyöðanạ̈.”

”Ukað so ir, so sagd Mausstjärin –” gnuog Attmäkärn å wänest nipin og kuogäð ringgum sig og willd sjå um an ulld naik að dyö og, män Mausstjärin naikeð it að ingg åv ingga, fer an sov sos wär an sṭedoð.

”Etter eð”, fuortsett Attmäkärn, ”skar ig mig iet par til åv limpgåsum –”

”Män wänn sagd Mausstjärin fer noð?” undreðs ienn åv nämdkallum å.

”Eð minnes it ig”, lit Attmäkärn.

”Du *får luv* minnas eð”, sagd Kunundjin, ”ellest får ðu it laik fullt niụot laiv!”

Andar wissl Attmäkärn tappeð nið boð tikappäm og gåsn niði guoveð og fjäll nið å iettdier kni’tt. ”Ig ir ien wisäl og fattin twasi, Ieðes Majestät”, fikk an yr sig.

”Du ir wänest wisäl *glåmå*”, lit Kunundjin.

Jär klappeð ienndier åv marswainum nevum, män tinggskniktär fingg til an twerslut. (Um du wet it noð um slaik farningg, al ig min nogum uordum sai åv ur eð djikk til. Eð war so, so ðier add ien sturan liertskupp, so ðier triuogeð ijuop dar yppnindjä war; og ðar troðäð dier niði marswainan min fuotą rett uppi og sett sig upå an sä.)

"Eð war lyölit ig ar faið sjå ur slaikt gor til", ugst Alice. "Ig ar lesið um eð i tininggum so kringgt: 'Mes dier add ärt wittneð, war eð ienn og änär so yöpt *Sturbra!*" og so tinggskniktär tuog niðer rað weg'; män ig ar ollder ferståeð ur eð gor til feld ną."

"Ar ðu it noð mįer sai åv, beller ðu far nið", sagd Kunundjin.

"Ig dug it kumå noð laingger nið", lit Attmäkärn. "Ig ir fel rieð niðå guovä wet ig."

"Då fąr ðu *settj dig*", sagd Kunundjin.

Då klappeð oðer marswain'n nevum, og tinggskniktär tuog niðer an rað weg.

"Ja ną ðå, ną ir eð slut min marswainum!" ugst Alice; "ną mątt eð då go willder."

"Ig edd ellst wilað fǫ drikk yr tikappäm mainum", sagd Attmäkärn og bögleðs so ǫofriðun daitǫ Drottnindjǫ, so jällt ǫ lesǫ listǫ yvyr saunggerǫ.

"Nǫ fǫr ðu fǫrǫ", sagd Kunundjin. Dǫ lagd Attmäkärn i weg so liuotstrai'tt so an wann ǫts set ǫ sig skuonǫ ðyö.

"– og knakkið ǫv ǫm ovuð aut danǫ", yöpt Drottnindjǫ að ienumdier ǫv tinggskniktum; män Attmäkärn add lǫgǫð sig i weg feld kniktn add syökt daitað dörum dyö.

"Kollir jǫot oðer wittneð!" yöpt Kunundjin.

Oðer wittneð war it indjin eller eld tjyökspigǫ Ertiginnun. Ǫ add pipärbuttn i nevǫm, og Alice djietäð ǫ ukǫ eð war föreld ǫ add kumið inn i tinggssaln dyö mes ǫ fikk är ðier fuor tingg snorkelindjǫ rað weg og upǫ sumu gaungg oller so war ðar nest dörum.

"Nǫ al du wittn", sagd Kunundjin.

"Ig al dǫ so mjog", suoräð tjyökspigǫ.

I jǫplosun kuogäð Kunundjin daitǫ Wait-Kanin, so sagd, låg ǫ måleð: "Ieðes Majestät *får luv* är ǫ ittað wittneð."

"Ja, fǫr ig luv, lär ig fel fǫ luv", lit Kunundjin og ärdes aut uvändes nipin ǫ måleð, og säs an add krossað armum og rynntað ännǫ tast ogǫ add mjässt fersuonneðs inn i ovuð, kam eð frǫ launggt niði: "Wän bruker an fer noð dar an bäkär bakelsǫ?"

"Pipärn mjässt ǫv", sagd tjyökspigǫ.

"Sirap", mumbleð nogär attǫ ån daurun ǫ måleð.

"Fǫið i andar mausstjärån!" rämd Drottnindjǫ. "Knakkið ǫv ǫm ovuð! Windið aut ǫm! Strǫipið an! Niǫopið an! Tugið ǫv ǫm murrårǫ!"

Ǫv og til wart eð iet börgt taberas inn dar mes oller fuor koppas min weroðrum og willd tjyör ǫv Mausstjärån; og sniässt dier add uort skamprer att war tjyökspigǫ brotte.

"Eð war ðǫ fel durk eð sumu!" lit Kunundjin, litt i laivǫ ätt. "Yöp jǫot trið wittneð", sagd an. Ǫ sumu gaungg lit an að

Drottnindjin, låg å måleð: "Tjär ðu, eð ir nöðut *du* annlaindjer wittneð so kumb järnest, ig werd gra'nn ovuðsyörum åv issa!"

Alice war nuog sjå upp min ur Wait-Kanin fuor, fer an anntireð listu so waminneli, og å war liuota brygd få sjå ukin so ulld wittn, "– fer *änn* åvå ðier it faið rieð å noger so ir að noger", lit å liteð tyst. Ukin edd sä að dugåð förestell sig ur ferlesin å wart mes Wait-Kanin las upp, so wellt an war guoðtil min dyöðar lissl gnyökslmålä sain, nammneð "Alice"!

KAPITEL XII

Alice wittner

"Jänä!" yöpt Alice, so add glämmt åv mes eð stuoð å ur mitjið å add wekkst sienest minutą, og å twerrai'tt sig so strai'tt so å drust umringg launggsäteð nämdkallum min klänindjin. Oll nämdkallär fjäll min ovuð firiað niði fuoksuopin og låg dar og spretteðs niðå guovä og minnd å ån åðar kupų min gullfiskum å add ittað å wellt nið ien wiku sä.

"Uwą, ig bið um ursekt!" yöpt å gra'nn nipin, og uvändes brå'tt umm iempteð å att diem straiðest å wann, fer å minntes ur eð add misgaiðs min gullfiskum, og eð kam að än eð wär fieglit dier edd kunnað dä um įtt å rað weg edd apt dait diem daiti båseð atte.

"Fåmm träð glameð tast järnest", lit Kunundjin mjog allwarlin, "og oll nämdkallär åvå kumið et steðs att – oller", lit an wiss å sig og bögles å Alice og berreð upp ogų mes an glämäð.

Alice kuogäð daitå säteð og wart iwari å add apt dait Ålåellų min ovuð niði i bråskun, og edar wissl kretjeð låg dar og sluo styörrtäm og kam it åv bitum. Å wänd uppnið å åm rað weg og fikk upp an å fuotą att. "Fast eð ir fel įtt að ingg", lit å fer

sig siuov; "äränd glamä yvyr Sturbuordä til syöks eð fel durk
war eð sumu ukað mä ovuð ir upi weðrä eld ir eð fuotär."

Sniässt nämdkallär add taið att sig noð grandeð etter ååðar
fasulig kullderbyttų og iemptað att tavlur og grifflą sain, sett
dier sig wänest ekkstrer rot nið um ååðar ųolukkų, oller män
įtt Ålåellą, so war so åvsigkumin so an bar såt dar og gäpäð
upp munnäm og stįebögleðs upi tatjeð.

"Wän wet du um ittað rumbleð?" spuord Kunundjin Alice.

"Įtt noð" suoräð Alice.

"Įtt åv *ingga?*" fuorkeð Kunundjin.

"Įtt åv ingga", stuoð Alice å sig.

"Ittað ir wänest nöðut tag i akt", sagd Kunundjin að
nämdkallum. Dier jällt just å rot nið ittað å tavlur sainer, mes

Wait-Kanin lagd sig auti: "Ụonöðut, miener Ieðes Majestät, ferstå'ss", lit an, yövlin ą måleð fast an rynnteð änną olltiett og skapeð sig um ogụ.

"Ụonöðut miend ig ferstå'ss", sagd Kunundjin straið ą måleð – og an mumbleð tyst fer sig siuov: "nöðut – ụonöðut – ụonöðut – nöðut –" sos edd an wilað känn etter ukað so ärdes aut willdest.

Summer auti nämdn roteð nið "nöðut" og eller "ụonöðut". Alice wart iwari ðyö, fer ą war guoðtil sją wän so las ą tavlum dieras; "män eð ir durk eð sumu", ugst ą.

Min dyö sumu änd eð so Kunundjin, so add elldeð ą og skrievt i skrievbuotją sain nog stjyöra, yöpt nụ til "Tyst!" og las upp yr buotjin sain: "Fyrtioðer reglą: *Oller so irå mịereld iet åvmil laungger ul djävå sig åv frą tinggssaläm.*"

Då bögleðs dier oller ðaitą Alice.

"*Ig* ir ðą wisst ịtt iet åvmil laungg", lit Alice.

"Ju, eð ir ðu fel", yöpt Kunundjin.

"Mjässt iet *mil* ir ðu", lagd Drottnindją að.

"Nai, ig far ðą ịtt ukað so ir", lit Alice; "attrað dyö ir eð it inggụ slaik regel i lagbuotjin, avið bar ittað upp ån nụ."

"Eð ir oll gamblest reglą i buotjin", sagd Kunundjin.

"Edd ą it sä að ulað wårå *Fuost reglą?*" lit Alice.

"Kunundjin wart bliek um ogụ og twersmelld att buotjin. "Funndirið auti duomäm", sagd an að nämdn, låg og stjåvänd ą måleð.

"Amm fel mịer ändą les upp, Ieðes Majestät", sagd Wait-Kanin og flog upp liuotstrai'tt, "eð ar just kumið framm iet papir."

"Wän les eð ą ðyö?" spuord Drottnindją etter.

"Ig ar it teppt upp dyö änn", suoräð Wait-Kanin, "män eð syöks wårå iet briev frą faunggam jän, skrievað að nogum."

"Eð fąr eð fel luv wårå", sagd Kunundjin, "um eð wär it skrievað að ịtt inggum; og so gor eð fel it til ollder wet ig."

”Að ukum ir eð adressirað?” spuord ienn åv nämdkallum etter.

”Eð ir it adressirað noð”, sagd Wait-Kanin; ”eð luss war įtt åv ingg skrievað autånå̊ ðyö.” I ðyö an sagd so brie’dd an aut papireð og lit: ”Eð ir it noð briev wet ig, otå̊ bar wessär!”

”Kännes du wið styln ånumes so al suorå fer sig?” spuord ien eller i nämdn etter.

”Nai, ittje ir eð ðå̊ styln ånumes”, sagd Wait-Kanin; ”og *eð* ir fel knylldrugestað åv olla!” (Oll nämdkallär syöks gra’nn foll i aip.)

”An lär fel að ermdas eter styläm nogum eller”, lit Kunundjin. (Nämdkallär wart biravner um ogų att.)

”Ieðes Majestät”, sagd Kniktn. ”Ig ar it skrievað eð, og ðier dugå̊ įtt få̊ til eð ig ar gart eð: eð ir it å̊skrievað noð nammin.”

”Ar ðu it skrievað å̊ eð”, sagd Kunundjin, ”so werd ollt bar werr åv dyö. Du ir *tundjin* að elldeð å̊ min nog ųotjynn, ellest edd du að skrievað å̊ ðig sos ien kall eð wär noð stjäl minn.”

Mes dier ärd ittað klappeð dier nevum mjässt oller og yöpt: ”Sturbra!” Eð add fel og werið fuost börgt witug uordä̊ Kunundjäm ann da’n.

”Ittað *waiser* an ir börgt ien stjälm”, sagd Drottnindjä̊, ”so eð ir bar åv min –”

”Eð waiser įtt åv ingga!” yöpt Alice. ”Witið įts wän so les i wessum dyö!”

”Les upp diem”, sagd Kunundjin til.

Wait-Kanin sett å̊ sig glasogų. ”War al ig byr å̊ noger, Ieðes Majestät?” undreðs an å̊.

”Byr å̊ i byrånändam”, sagd Kununindjin wänest allwarlin, ”og les tast du ar kumið daitað slutä̊; sä̊ få̊r ðu stą’n.”

Eð wart gra’nn tyst i tingssaläm mes Wait-Kanin las upp iss wessą̊: –

"Du war nest änner bykall då
og glämäð dar um mig;
og mikklu luvuord syöks ig få,
fast sima kunnd it ig.

An stjikkeð buoð ig war ðar änn
(eð witum wir og ann);
um å får sjå bar skuggan dänn,
ur sä eð werda kann?

Ig gav än ienn, dier gav åm tuo;
an gav sä oll að dig.
Mier finggum wir: du gav uos triuo
(fast fuost dier ärd að mig).

Um ig eld å fissl inn uos nu
i slaikum lyttjum jär,
an truor ðu kumb te jåp diem du –
ig wet du kringgt slaikt djär.

Ig truo'dd fel ig feld å fikk slag
(eð kumb sos kringgest að)
du börgt iet inder wart i dag
fer uoss og ðiemm å rað.

Män seg it åv ur eð ir stellt:
å känntes diemm besst wið.
Eð al fel eð it wårå wellt,
so teg nu, ånnä bið!

"Ittað amm ärt nu ir wiktugestað amm faið witå juo'tterdags", lit Kunundjin og gnukäð nevum; "og nu al nämdä –"

"Um eð ir nogär auti ðiem so ir guoðtil tyð aut ittað", sagd Alice, so add wekkst so uvändes sienest fämm minutą so ą war it redd noð laingger legg sig auti eð an sagde, "dą will ig djävå åm fämmti öre. *Ig* ugser eð ir it noð stjäl minn dyö."

Nämdkallär roteð nið ą tavlur sainer: "Ą ugser eð ir it noð stjäl minn dyö." Män įtt indjin auti ðiem boð til tyð papireð.

"Um eð ir it noð stjäl minn wessum", sagd Kunundjin, "so ulið witå irum kwitter noð mikkel bismi, dar įtt byövum biuoð til tyð aut diem noð. Og ändą wet ig it gra'nna", fuortsett an og brie'dd aut wessą upi kni'mm og snegleðs ą ðiem min iendier ogą. "Ig tyttjer ðą mjog, um ig kuogär ą ðiem liteð nųogera, ig far sją ien mieningg i ðiem. – *'fast sima kunnd it ig'* – du kann dąfel it sim ellde, eld ur?" lagd an að og bögleðs daitą Järter-Kniktn.

Kniktn skäkäð obbdą og såg aut so för ðyö. "Sir ig aut war guoðtil að dyö?" spuord an etter. (Og eð dugd an mjog įtt ellde, fer iel ann war gar åv papirą.)

"Jųo'tterdags ir eð sos eð al", lit Kunundjin, og an jällt ą og mumbel: "– *'eð witum wįr og ann'; wįr*, eð mątt fel wårå nämdą, eð – *'um dier fą sją bar skuggan dänn'* – eð fąr luv wårå Drottnindją – *'ur sä eð werda kann?'* – ja, ur sä! – *'ig gav än ienn, dier gav åm tųo'* – ja, eð mątt wårå just eð an djärd min bakelsum, sir ðu –"

"Män sä les eð *'an gav sä oll að dig'* jän", sagd Alice.

"Jamän sją, dan irå ðier fel oller!" gäpäð Kunundjin yr sig og piekt daitą bakelsą upą buordą. "Ir eð sä it *ittað* so waiser eð säkrest? Og sä les eð: *'Ig truo'dd fel ig feld ą fikk slag'* – ittje lär fel du ollder, eð ig wet, að apt noð *slag*, lisslwänn männ?", lit an að Drottnindjin.

"Įtt ollder", suoräð Drottnindjä, og gra'nn muordarg og willd snyörd ą i weg iet blikuonn daitað obbdą að Ålåellun. (Andar autstelld Lissl-Jugą add slutað skriev ą tavlų min iendier finggrą etersos an wart iwari eð wart its įe flog dyö eter ðyö. Män nu̧ byrd an å̧ et nyeðs straiðest an dugde og brukeð blitjeð so sigäð ni'tter kråi'ssä, änn mä̧ eð liep noð.)

"Sä̧ åvå it uordä̧ *slaið inn* fer ðig, eð ig ferstår, lisslwänn männ", sagd Kunundjin og bögleðs ringgum sig glað um ogu̧. Eð war gra'nn tyst i tinggssaläm.

"Eð war ien läk min uordum!" sagd Kunundjin åv arg å̧ må̧leð, og iel uopin grä̧stes. "Latum sai nämdä̧ ur ðier tyttj eð al dyömas", sagd Kunundjin fer tiugund gaundjin wel.

"Nai, nai", yöpt Drottnindjä̧, so uomiens ulld åvås að "duomin fuost – og mienindjä̧ nämdn sä̧!"

"Ur sturtolut!" sagd Alice well å̧ må̧leð. "Ukin i iel wärdn edd dä̧ dyömt fuost!"

"Dra ðig og teg!" yöpt Drottnindjä̧, gra'nn jälldroð um ogu̧ fer å̧ war so jälåk.

"Nai, ig säter it dig noð!" sagd Alice.

"Åv min obbdä̧ að än!" illskri'eð Drottnindjä̧ liuota wass å̧ må̧leð. I̧tt indjin brägäð noð.

"Ukin edd dä̧ uondað noð wän ið saiið?" lit Alice (nu̧ add å̧ wekkst að wanlig sturlietjäm sainum). ”Irið fel it noð eller otå nog kuortlapper wet ig!”

Min dyö sumu rai'tt iel kuortlietjin upp sig i weðreð og kam fliuogänd niðå ån. Å skräkt til liteð swaguli, fer å war boð redd og armsn, og boð til mjässt å dugd swipå undå ðiem, i ðyö å teppt upp ogum ollt i seð og wart iwari å låg i muosåm å strandn og add ovuð upi kni'mm að syster sain, so so warli strok undą blikknaðloveð so add råsåð åv trai'mm niði kråi'sseð að än.

"Wakkin, tjär Alice!" sagd syster ännes. "So uvändes laindj ar ðu sovi!"

"Auw, ur underli ig ar drömt!" lit Alice, og sä sagd å åv fer syster sain oll å dugd minn å sig um ollu ðiemdar merkwärdug äväntyrą ðu ny'tt ar lesið um. Mes å add slutað gav syster än guoðmunn og lit: "Eð war ðą börgt ien underlin dröm, saiänd, tjära ðu. Män nu fąr ðu kringg dig iem og drikk ti ðett, eð ar rieð uort sient." Dą rai'tt sig Alice og sett åv, og mes å kåi'tt ugst å innum sig (og ukin edd it að gart eð!): "Ukin oðerävera dröm add its ittað werið!"

Män syster ännes såt kwer ðar i muosåm å strandn og sty'dd obbdą ðaiti nevån mes å kuogäð å suolą so jällt å go nið og kam ijug Alice og äväntyrą ännes, tast å og war sos ini ienum dröme; og slaik war drömin ännes:

Fuost drömd å Alice siuov, og iessn til jällt dierðar fin smąnevir i ringgum kniną að än og ðierðar klår og tinänd ogu såg inn i ännes – å ärd edar oðerfiner måleð og såg ur biknyteli å skäkäð obbdą og willd swipå undą edar autflerrað åreð so fjäll än i ogu olltiett – og mes å ly'dd framm og framm, eld lysteð wil lyða, wart eð fullt ringgum ån i ðiemdar underlig skapnaðum so add gart drömin syster ännes so livändes.

Eð skräväð i launggrasį ringgum fuotą að än mes andar Wait Kanin kringgeð sig ðar umm – åðar Mausą, nipin sos å war, skwätäð å gainum damin dar innað – å ärd ur eð skrappleð i tikappą mes Mass-Erin og wännär os jällt å kalasir autą fer ända og å wart iwari skarpmąlą Drottnindjin, so dyömd diemdar wissl bykallą sain mist laiveð – änn iessn nos lisslgraisn upi kni'mm Ertiginnun mes fatą og talldrikkär knäsäðs sund ollt ringgum – og änn iessn ärdes illskri'eð frą Rimpäm, ur eð gnileð frą griffläm Ålåellun og ur eð war full weðreð i lätum frą ðiemdar niðknåild marswainum so syöks renn yr, i lag min ur åðar wissl Falskstjölldkluo'sså snykkst noger launggt brotter.

Å såt slaik og blundeð att ogum og tykkt å war i ðyöðar oðerävera Underlandä, fast å wiss åv å byövd bar tep upp diem so kam ollt te werd åðar wanlig werkligietä att: graseð kam te skråvå i blästäm og eð kam te krus å wattnä fer rukkändrärum – dierðar skrappländtikappär kam te werd singgändtakkstjällur og illskri'eð Drottnindjin kam te werd kulnindjä gäslkalläm – krippin so nos, Rimpin so skräkt og ollt eller so lit so underli kam (dyö wiss å åv) bar te werd liuoðä frå yönsgardäm; og i stell fer ðiemdar ieðlossnykksninggär Falskstjölldkluo'ssun kam eð bar te äras ur tjynär rot noger launggt brotte.

Og að slutä såg å innum sig ur åðar tjär lisslsyster siuov kam te werd fullstur iessn, og ur å upi kelinggårum kam te av kwer edar ienkel tjärlieksfull krippjärtað; og ur å kam te åvå eller småkripp ringgum sig og få til *diemm* werd glaðir og tinänd i ogum åv mikklum oðerunderliger äväntyrum, ja, kanstji gainum isjär merkwärdug drömsagä frå attåter wärdn; ur å kam te ugs umm diem dar ðier war lie'ssner i krippskligietn sain og war faingin dar ðier war glaðir fer alldrig än eð so liteð, etersos å minntes ukað eð add werið siuov war kripp og ur ruolit eð war få livå og kåðå sig mes såmårdaär fuora.

Uordlist

að dyö missnöjd; *displeased.* **tyttj war að dyö** misstycka; *mind.*

að eddjin i form; *in good form.*

aðplesstjað åtsmitande; *clinging.*

afekt åtbörd; *gesture.*

and hand; *hand.* **under and** under armen; *under one's arm.*

annlaindj utfråga; vända sig till; *interrogate; approach.*

ant umm på tiden; av största vikt; *urgent.*

armin förargad, harmsen; *vexed.*

attrað dyö dessutom; *besides.*

atyttj vrång käring; *troublesome old woman.*

autflerrað utbredd; *spread.*

autå fer ände utan uppehåll, evinnerligt; *unceasingly.*

autändes förfärligt; envist, utan uppehåll; *awfully; ceaselessly.*

avswag matvrak; *glutton.*

bell wið sig vara tillfreds, belåten; *be satisfied, pleased.*

bigo sig klara sig; *manage.* **bigo sig min** klara av; *be able to stand.*

biknyteli näpet; *nicely, prettily.*

biravin energisk, resolut, säker; *energetic, resolute, sure.*

bise anförare, ledare; *leader.*

bismi problem, besvär; *work, trouble.*

bjärå nogum vara någons tur; *be someone's turn.*

brygd nyfiken; *curious.*

brynas åv av nyfikenhet ge sig av; *be off out of curiousity.*

bråðum dagum snart; på länge; soon; *for a long time.*

brågå röra sig, röra på; *move.*

bugå å kosta på, vara ansträngande; *be an effort, be trying.*

bukktjyöteð klander; *a scolding.*

bukå knuffa; *shove.* **bukå nið** slå omkull; *knock down.*

buoðå skicka bud efter; *send message, call for.*

bykall gäst, besökare; *guest, visitor.*

bynde knyte; *bundle.*

byssta resa ragg; *bristle.*

byt að tilldela; *confer.* **byt aut** dela ut; *distribute.* **byt umm** byta; *change.*

båt å få bukt med; *overcome, master.*

bäg högdragen; *haughty, arrogant.*

börg duglig, fullgod; *capable, good at.* **börgt** tillräckligt; verkligen; *enough; really.*

dant å pika, klandra; *carp, find fault with.*

daurun sömnig, dåsig; *half-asleep, drowsy.*

djiet å föreslå; gissa; *suggest; guess.*

djär minn behöva; *need.*

djäv å gå på, bete sig obehärskat; skrika; *go on, behave unrestrainedly; shout.*

dosklin trist; *tedious.*

dovlin dyster, sorgsen; *gloomy, sad.*

drag å fortsätta; *continue.*

draungin åv masa sig iväg; *shuffle off.*

drikkels dryck; *drink.*

drusa springa, rusa; *run, rush.*

drömtjyös drömlik; *dreamlike.*

duolå ligga och vila, småsova; *rest, doze.*

durk verkligen, alldeles, absolut; *really, quite, indeed.*

dyna dåna, dundra; *thunder, rumble.*

ekksa kalla med öknamn; *taunt.*

ekkster ivrig; *eager.*

ela döda; *kill.*

eptas å löna sig; *be worth while.*

ertja tjata; *nag.*

et steðs på plats; *there, present.*

eter maktn efter förmåga; *to the best of one's ability.*

faingin noger glad, lycklig över något; *happy about something.*

farma fäkta med armarna; *thrash about with arms outspread.*

farningg beteende; fason; *behaviour, manners.*

fassn å angripa; *tackle.*

feld, föreld innan; *before.*

ferlesin förvånad; *surprised.*

ferläpin förbluffad; *astonished.*

ferstjietelin förarglig; *provoking.*

fertuorvað förargad; *angry.*

ferwända förvandla; *change.*

ferå'dd svarslös; *at a loss for words.*

fieglit att befara, risk för; *to be feared.*

fisiläv feging; *coward.*

fjågsun löjlig; *silly.*

floga märke, fläck; *mark, patch.*

flukk liten stund; tupplur; *short while; nap.*

flukks villig, ivrig; *willing, eager.*

foll i aip bli förbluffad; *be taken aback.*

frekli vänligt; *kindly.*

frundun misslynt; argsint; *bad-tempered, irascible.*

frutta förarga; *vex.*

fråmåni storäm som ledare; *at the head.*

frän förargad, barsk; *irascible.*

fugat ostyrig gosse; stolle; *naughty boy; fool.*

fuorfolld förhinder, skäl att inte göra något; *impediment, excuse.*

fuorka förmana, uppmana; *exhort, admonish.*

fuorlåt draperi; *curtain.*

fåkunun med föga insikt; *ignorant.*

fǫ i få tag i; uppfatta; *get hold of; apprehend.* **fǫ åv** bli träffad; *be hit.* **fǫ tag tuomt** göra något förgäves; *be empty-handed.*

för snarare; *rather.*

för ðyö bedrövad; *distressed.*

glam samtal, tal; *conversation, talk.* **glameð yvyr Sturbuordeð** rättegången; *the trial.*

glamu (glåmå) samtal; *conversation.* **djärå glamų** samtala; *talk.*

glegg vaken, pigg; karsk; *cheerful, alert; plucky.*

gletta glida, halka; *glide, slip.*

glinder plira; *peer.*

gliuor grumlig; *muddy.*

glyöta röra eller plaska i något vått; *stir or splash in something wet.*

glåmå tala, prata; *talk, speak.*

glåmåstinn pratsjuk; *talkative.*

gnila gnissla; *squeak.*

gnyöksla gnälla; *whine.*

gnågå tjata; *nag.*

gnǫt i löna sig, vara någon idé; *be worth doing.*

gnǫtlosǫ till ingen nytta; *of no use.*

go ǫ by að besöka; *visit.*

go ǫ sårtånǫ förorätta; *offend.*

gravswain grävling; *badger.*

grettjrais snårskog; *brushwood.*

grettun vresig; *sulky.*

gryvel krypa; *crawl.*

grǫsas flina; *grin.*

gullsmitåðfikdie'n brukar man benämna en synnerligen läcker dessert; *a most delicious sweet.*

gumsås halskatarr; bronchial *catarrh.*

guoðmunn kyss; *kiss.*

guoðswämmin ljuvlig sömn; *delightful sleep.*

guoðtil i stånd till; *able to.*

guoðträ'tt sömnig; *sleepy.*

guorlieð genomelak; *downright nasty.*

gusåbrunn fontän; *fountain.*

gutun rar, gullig; *nice, sweet.*

gå'llit tillrådligt, riskfritt, okej; *advisable, safe.*

gåpa stirra (fånigt) med öppen mun; *stare (stupidly) with open mouth.*

gåpå eter swämmnäm gäspa; *yawn.*

gǫ lägga märke till; *notice.*

i främst fluǫ först av alla; *first of all.*

i seð i taget; *at a time.*

i åðs alldeles nyss; *a moment ago.*

iaipläpt förbluffad; *astonished.*

ieðer að högtidligen överlämna; *solemnly hand over.*

ieðlos ensam, över sig given; melankolisk; *lonely, forlorn; melancholy.*

iegsklin mild och försonande; *in a soothing tone.*

iembel gräla; *quarrel.*

iemmt umm nätt och jämnt; *only just.*

iempta plocka, samla; *pick, collect.* **iempt att** plocka upp; *pick up.*

iessn en gång; en gång till; *once; once again.*

ietjin frän, besk, stark; hetsig; sur; *bitter, sharp; impetuous; surly.*

ilingg vindfläkt; *gust of wind.*

illrokkli finurligt; *cunningly.*

illsett bekymrad, i trångmål; *worried, in a plight.*

illswaiðänd ängslig; angelägen, ivrig; *anxious, concerned.*

iuol ihålig; *hollow.*

iwari varse; *aware of.* **werd iwari** märka; *become aware of.*

ịtt að ingga ingen idé; *no use.*

ịtt kumå åv bitum inte komma ur fläcken; *be quite unable to move.*

ịtt otå endast; *only.*

ịtt werra ingenstans; *nowhere.*

ịekum stilig, elegant; *splendid.* **oðerịekumer** speciellt vacker; *particularly beautiful.*

Jugå Johan; *John.*

Jus ferạ för alltid borta; *lost forever.*

jụo'tterdags hittils; *until now.*

jåma trög kvinna eller flicka; *indolent woman or girl.*

kaipa flåsa; *pant.*

kalktupp kalkon; *turkey.*

karulin karsk; *plucky, cocky.*

kaut språng; *a jump.* **djärå kautn** ta ett skutt; *take a leap.* **stjuot kautạ** skutta; *bound.*

kekksa rycka till sig, snappa; *snatch, grab.*

klumb å skåtån näsbränna, tillrättavisning; *rebuke.*

knaipe and; *duck.*

kniụort liten och nätt; *small, neat.*

knyllder krull, något lockigt; *something curly.*

knylldrun besynnerlig; *strange.*

knåpå i smattra; *rattle.*

knåså krossa; *break, smash.*

koppkåitningg kapplöpning; *race, racing.*

krassla krångla, vara besvärlig; *cause trouble.*

kraungin krona; *crown.*

krindjel cirkel; *circle.*

krukks näbb; *bill, beak.*

krykklas krypa ihop; *crouch.*

kryppas böja sig, huka sig; *bend, crouch.*

kullskati morsk liten flicka; *plucky, forward little girl.*

kumås lyckas eller kunna komma; *get, be able to come.* **kum að** drabba; *befall.* **kum för** förefalla; drabbas av; *appear, seem; be befallen by.*

kunndir befalla; *command.*

kurant frisk; *in good health.*

kurra spinna; *purr.*

kwamsut kvav, kvalmig; *sultry, suffocating.*

kwellssuolgaungg solnedgång; *sunset.*

kwere stilla, lugn; kvar; *still, quiet; still there.*

kwåvin kvävas; *suffocate.*

kåðå sig njuta; *enjoy oneself.*

laiklin att vänta sig, sannolik; *likely.*

laiv liv; sinne, själ; *life; mind, soul.* **noð gor nogum et laivs (að laivạ)** något gör någon bedrövad; *someone is distressed by something.* **klien i laivạ** illa till mods; *ill at ease.* **litt i laivạ** lätt till mods; *with an air of great relief.*

lakaj livréklädd betjänt; *footman.*

laungglieðas ha långtråkigt; *be bored.*

leðer fladdermus; *bat.*

legg stam; *trunk.*

leså läsa; stå skrivet; *read; be written*. **les etter** upprepa; *repeat*. **les i baink** tillrättavisa; *rebuke*. **les i sig** inbilla sig; *imagine, fancy*.

lið paus; *pause*.

lieðugåð grym; *cruel*.

liertskupp lärftpåse; *linen bag*.

ligg niðer falla omkull; *fall over*.

lika tycka om; *like*.

litå färga; *dye*.

liuota väldigt; *very*.

livridrekt livré, tjänardräkt; *livery*.

livstyttj väst; *waistcoat*.

lopa rinna; kräla; *run, flow; crawl, creep*.

lukkas wið försöka övertala; *try to persuade*.

lulla vyssja; *lull*.

luok vattensamling, pöl; *puddle, pool*.

luptwaitkull kamomill; *camomile*.

lutin hågad, benägen för; *inclined towards*.

ly ljum; *lukewarm*.

lyða lyssna; *listen*.

lysa utväg ur prekär situation, möjlighet att uträtta något; *way out of a precarious situation, expedient*. **sos lysą** blixtsnabbt; *at lightning speed*.

lyssta ha lust till, önska; tyckas; *desire, wish; seem*.

lyttja ögla; *loop*. **abugålyttj** armveck; *bend of arm*.

lyölin rolig; *funny, fun*.

låt wið ge något ljud ifrån sig; *utter something*.

läka leksak; *toy*.

mainktun liten och mager; ynklig; *small and thin; pitiful*.

makkli sakta; *slowly*.

makt förmåga; *ability*.

mardbrygd oerhört nyfiken; *awfully curious*.

mausstjäri näbbmus; *shrew*.

mield, mjereld mer än; *more than*.

min fas energiskt; *energetically*.

minn å sig erinra sig, minnas; *recollect, remember*.

misfårås misslyckas; *fail*.

mjog väldigt; tämligen; sannerligen; *very; rather; indeed*. **ðå so mjog** visst inte; *certainly not*.

mjoklin smidig, böjlig; *supple, agile*.

mjå smal; *narrow*.

mjå'n yr avta, minska; *decline, diminish*.

mjägel gräla; *quarrel*.

molla träredskap att röra om med; *wooden implement used for stirring*.

munntas mustasch; *moustache*.

myða röra, sammelsurium, röra; *mess, nonsense*.

myssmyösbliuomm smörblomma; *buttercup*.

mysudieg maträtt av kornmjöl och ostvassla; röra, besvärlig belägenhet; *dish made of barley-meal and cheese-whey; mess, predicament*.

mål röst; språk; *voice; language*.

målaðkall bild; *picture*.

målerbuosst pensel; *paintbrush*.

mörnað hågad, intresserad; *wanting to do something, interested.*

neðer kopparorm; *blindworm.*

neglun snål; *stingy.*

nipin ängslig, förskräckt, skrämd; *anxious, frightened.*

niųota behålla; *keep.* **niųot laiv** behålla livet; *remain alive.*

njässta nystan; *ball of yarn.*

noð wessn titt som tätt, då och då; *frequently, now and then.*

nytta kunna förmå sig till; *get oneself to.*

nämde nämndeman; *juryman.*

nänneli vänligt, ömsint; *kindly, tenderly.*

näða tränga; *press.*

o jaha; *I see.*

oðerfiner ljuvlig; *lovely.*

oðerglaðir särdeles uppmuntrande; *especially encouraging.*

oðerkuranter myndig; *peremptory.*

oðerstyörr ovanligt stor; *unusually large.*

oðertrivliger förtjusande; *delightful.*

oðerunderliger särdeles märkvärdig, vidunderlig; *remarkable, very strange.*

og so undą fer undą och så vidare; *and so on.*

ollt i seð plötsligt, på en gång; *suddenly, at the same time.*

otn "five o'clock", eftermiddagsmåltid; *five o'clock tea.*

ovuðsbråk huvudbry; *brainracking.*

pagas pack, följe; *pack, riff-raff.*

pjätå trippa; *trip along.*

plämptlavi drivbänk; *forcing-bed.*

rað weg genast; *at once.*

raingsla snigel; *snail.*

ram litet hes, skrovlig; *a little hoarse.*

rambel bullra, skramla; *make a noise.*

rek til að knuffa; *push, shove.*

ridjärås bråka, slåss; *carry on, fight.*

riuota råma, böla; *bellow.*

rola gråta; vråla; *cry; roar.*

rot nið skriva ned; *write down.*

roti stackare; *wretch.*

rukka svänga, vaja, gunga; *swish, reel, wave.*

rumbel förvirring, oreda; *confusion, disorder.*

ruolin lugn, utan oro; *calm, not anxious.*

rymska harkla sig; *clear one's throat.*

råð råd, tips; rådplägning; möjlighet, utväg; *advice; consultation; possibility, way out.* **go i råðe** rådslå; *have a consultation.* **kunn inggų råð för ðyö** inte rå för det; *not be able to help it.*

råðdjärå råda; *advise.*

råðruom tillfälle, möjlighet; *opportunity.*

rålaitjin hudlös, överkänslig; *skinless.*

räma tjuta, skrika; *scream, shriek.*

ränn yr storkna; *choke.* **eð ränner undą nogum fuotą** någon halkar; *someone slips.*

rär vass; *reed.*

röselin högtidlig; stolt, självsäker; *solemn; proud, self-confident.*

sið vana, det brukliga; *custom, practice.*

siðuli försiktigt, långsamt; *carefully, slowly.*

sig um lag lagom mycket; *just enough.*

sigå sakta rinna, sippra; *run slowly, ooze.*

sįek sig bli försenad; *be late.*

sjå'ss hysa respekt eller vara rädd för; *respect, be afraid of.*

skaðulit synd; *a pity.* **skaðulit naug** tyvärr; *unfortunately.*

skakun epilepsi; *epilepsy.*

skammliuot gräsligt ful; *awfully ugly.*

skammstjyör snarstucken; *touchy.*

skamper beskedlig, snäll; *well-behaved, kind.*

skapnað form, skepnad; varelse; *shape; creature.*

skap sig grimasera; *grimace.*

skari hop, följe, procession; *retinue, procession.*

Skaurmann åskan; *thunder, the Thunderer.*

skerell klipphäll; *ledge of rock.*

skrappel skramla; *rattle.*

skrauv skorsten; *chimney.*

skrepp åv skryta; *brag.*

skråtå ge ovett, tillrättavisa; *rebuke.*

skråvå prassla; *rustle.*

skullda anklaga; *accuse.*

skwåpå skratta; *laugh.*

skwåtå plaska; *splash.*

skät å lägga till, öka på; *add, increase.* **skät å tuolmųoðs- kuppan** få större tålamod; *extend one's patience.*

smipust blåsbälg i smedja; *a pair of bellows.*

små'tt långsamt; *slowly.*

småråðun villrådig, tvehågsen; *irresolute, undecided.*

smä sig slingra sig; *wriggle.*

snavlingg liten matbit av något gott; *appetizer.*

snett åv ila iväg; *scurry away.*

snettelin snabb, kvick; *quick, alert.*

snorkelingg snuva; *cold.*

so eð obbdeð etter med väldig fart; *very quickly.*

sprettas sprattla; *flounder.*

stakk hög; stor mängd; *heap; large amount.*

stakkas hopas; *crowd together.*

stella ordna; *arrange, settle.*

stellningg belägenhet, situation; *situation.*

stinggskall tistel; *thistle.*

stinn i ogum med stirrande eller uppspärrad blick; *staring with eyes wide open.*

stiälås smyga; *steal.* **stiälås åv** smyga sig iväg; *steal away.*

stįeböglas stirra; *stare.*

stjieðe sinnesstämning, humör; *mood.* **guoðstjieð** gott humör; *good humour.*

stjier skata; *magpie.*

stjietelin retsam, näsvis; *teasing, impertinent.*

stjyrrpa trumpeta; *trumpet.*

stjäl minn att lita på; *reliable.*

stjälin sorgsen, bedrövad; *mournful, sad.*

storma väsnas, gorma, skrika; *make a disturbance, brawl, shout.*

straiðglåmå prata fort; *talk fast.*

stråipin kvävas; *suffocate.*

sturgoss ung man i friarålder; *youth who has reached courting age.*

stypplas åv å obbdä slå en kullerbytta; *turn a somersault.*

stytta förkorta; *shorten.* **eð stytter dagum** dagarna blir kortare; *the days shorten.*

suola kasta, slunga; *throw, hurl.*

suoprient verkligen, absolut; *really, absolutely.*

swaungg uthungrad; *starving.*

syta sköta småbarn; *nurse.*

syöklin besvärlig; *difficult.*

syötja hinna; göra verkan på; *reach (in time); have an effect on.*

säta ha respekt för; *respect.*

taberas bråk, buller, rabalder; *fuss, disturbance, uproar.*

tag et sta'nner stoppa; *stop.*

tag niðer undertrycka; *suppress.*

taia tiga; *be silent.*

taungin tystna; *become silent, stop speaking.*

taut mun; *mouth.*

tekt inhägnat område; *fenced area.*

tepil liten fot eller tass; *small foot or paw.*

teppel trippa; *trip along.*

ti te; T; *tea; T.*

tillätn tillgiven, vänlig; *friendly.*

tingg snorkellindjä nysa; *sneeze.*

tinner farstukvist; *porch.*

tinå tindra, glimma; *twinkle, gleam.* **tinänd i ogum** med livliga ögon; *with eager eyes.*

tjippas rycka till av förskräckelse; *be started.*

tjugås og gämas kurragömma; *hide-and-seek.*

tolglam struntprat; *nonsense.*

tolglåmå prata strunt; *talk nonsense.*

tolun dum, enfaldig, löjlig; *stupid, foolish, ridiculous.*

tolvmann nämndeman; *juryman.*

triruolin putslustig; *droll.*

tritta hoppa; *jump.*

troðå trampa; *tread.* **troðå niði** knöla ned; *slip, squeeze.*

truo sig våga; *venture.*

truttun trumpen, på dåligt humör; *sullen, in a bad mood.*

trå að längta efter; *yearn.*

träða ställa in, skjuta upp; *suspend, postpone.*

tubbus pojkknyte; *little boy.*

tug tåg; *train.* **fårå å tuä** åka tåg; *go by train.*

tugå slita, dra; *pull.*

tuolmųoðskuppin tålamodet; *the patience.*

tuossk groda; *frog.*

tuppa blomma; *flower.*

tuså gå långsamt; *walk slowly.*

twasi krake; *wretch.*

twå tvätta; *wash.*

ty'lla rulla; *roll.*

tåðå frodigt gräs; *lush grass.*

tågås kivas; slåss; *contend; scramble, fight.*

ugfellas ha lust till; *be inclined to.*

ugga trösta; *comfort.*

ugsa tänka; anta, tro; undra; *think; wonder.* **ugs umm** tänka på; bekymra sig för; *think of; worry about.*

ummsigtainkt uppmärksam, betänkt; *attentive, thinking of.*

ummstjiptað förändrad; *altered.*

uollda ha ansvar för; få skulden för; *be responsible for; get the blame for.* **Wän uolld?** Vad nu?; *Why?.*

uon hopp, förhoppning; *hope.*

uonda bry sig om, ta hänsyn till; *bother, care.*

uonde som helst, än; *any(-), -ever.*

uonå sig roa sig; sysselsätta sig; *amuse oneself; pass away one's time.*

uop skara, grupp; *crowd, group.*

upi gåp förvånad; *surprised.*

uppstuo'dd nyfiken; förväntansfull; *curious; expectant.*

uv- för, alltför; *too.*

uvliuot förfärlig; *dreadful.*

uvliuo'tt häftigt, mycket; oerhört, väldigt; *severely, much; awfully, very.*

ųobörg tvär, svår; *surly, difficult.*

ųoferwart utan förvarning; *without previous warning.*

ųofriðun orolig; *restless, anxious.*

ųofrå omornad, yrvaken; *drowsy, half asleep.*

ųogås sköta; *take care of.*

ųomagi omyndig person, barn; *infant, child.*

ųomiens prompt; *absolutely.*

ųomuns i onödan, till ingen nytta; *unnecessarily, without result.*

ųotjynn ofog; *mischief.*

waisst umm lovande; *promising.*

waminneli fumligt; *fumblingly.*

wavel spankulera; *walk about.*

weðer luft; *air.* **grannt i weðrą** fint väder; *nice weather.*

wegå ą öksskaptą åstadkomma jämvikt, rättvisa; *bring about balance, justice.*

well hög, högljudd; *loud.* **well ą mąleð** med hög röst; *loudly.*

weras ą stå i, ha bråttom; *be busy, be in a hurry.*

wið ängslig för; *afraid, uneasy about.*

winskli lystet; *desirously.*

wisslas ha det besvärligt eller eländigt; *have a hard time.*

wiså viska; *whisper.*

wisäl eländig, ynklig; *miserable, pitiable.* **wissl** stackars; *poor.* **tyttj wisslan** tycka synd om; *pity.*

wål storvuxen man; *hefty chap.*

wä'n försynt, tillbakadragen; *unobtrusive.*

wänd eð an ser formulera sig; *express oneself.* **wänd umm blað** byta samtalsämne; *change the subject of conversation.*

wąsa andas; *breathe.*

wątta anta; *suppose.*

ykklun nyckfull; *capricious.*

åitj nið sig huka; *crouch.*

åma larv; *caterpillar.*

ånną, ånną bið snälla!; *please!*

åstjin föraktfull, hånfull; *contemptous.*

åv og til en kort stund; *a few minutes.*

åvås að, avdes að, avdeðs að jäklas, krångla, bråka; *give trouble, bother.*

å grauva på mage; *prostrate, on one's face.*

å ränn i rad; *in a row.*

åsjå till utseendet; *in appearance.*

åwaisst enkom ordnat, uträknat; *intended, figured out.*

änd autyr för full hals; *at the top of one's voice.*

änn mä så länge som; *as long as.*

ännsa bry sig om; *care about.*

änt wið ivrig; *eager.*

änteli verkligen, förvisso; *indeed, certainly.*

äränd noger til vad gäller något; *as ta something.*

äv fin, präktig; *fine, good, splendid.*
oðeräver ståtlig; underbar; *grand; wonderful.*

öð åv slösa bort; *waste.*

ꓤ Ʌꓦꟷꓵꚋꓯ ꓦ0 ꓦ 8ꚋ0ꝗꚛ (Dh Hunting uv dh Snark),
The Hunting of the Snark printed in the Deseret Alphabet, 2016

Lꝗ0 ꓦ L�377ꟷꙨꟷꚛꓲꚛ ꙶꚋꝗ Ʌ1ꟷ ꙶ1ꚛꚛ P0ꚋꝗ ꓤꓯꝗ
(Thru dh Lüking-Glas and Hwut Alis Fawnd Dher),
Looking-Glass printed in the Deseret Alphabet, 2016

Alice's Adventures in Wonderland,
Alice printed in Dyslexic-Friendly fonts, 2015

Through the Looking-Glass and What Alice Found There,
Looking-Glass printed in Dyslexic-Friendly fonts, 2020

ᐱ_ᒋᗱ'ᔕ ᗅᗞ/ᗱIII ᒍᖇᗱᔕ ᎥII ᗅ ᗞƳ ᔕ_ᗱᙏᒋᗉ ᐯ/ᑕII ᗞᗱᖇ_ᐱII ᗞ,
Alice printed in a font that simulates Dyslexia, 2015

ꚫꓑ ꚫꓓꓘꓮꓑꓹ ꚫꓑꓶꚫꓑꓮꓲꓴꓑꓹ ꚫꚫ ꚫꚫꓮꓲꚫꓘꓑꓲ (Ælɪsɛz
Ædvéntʃuɪz ɪn Wínduɪlænd), *Alice* printed in the Ewellic Alphabet, 2013

'Ælɪsɪz Əd'ventʃəz ɪn 'Wʌndə,lænd,
Alice printed in the International Phonetic Alphabet, 2014

Alis'z Advnčrz in Wunᑯland, *Alice* printed in the N̄spel orthography, 2015

°,ᒪ ᔓ ᒪ ᆨ ꓕᒋ °,ꓤ ᔓ ᆨ � ꓶ °° ꓕᒋ ᆨ ᒪ ᆢ ꓶ ᆢᗺ ꓶ ᔕᒋ ᆨ ꓕ ᒪ °,ꓶ ꓤ,
Alice printed in the Nyctographic Square Alphabet, 2011

Alice's Adventures in Wonderland,
Alice printed in Pitman New Era Shorthand, forthcoming

Alice's Adventures in Wonderland, *Alice* printed in QR Codes, 2018

·ꭍcıꟙ'ꭵꙅ ꭤꝕꭒꞁꞣꙍꙅ ꭵꭵ ·ꭻꭵꭶꭲꭺꭵꭵ (Alɪs'əz ədventjuːrz ɪn Wʌndꞅlænd),
Alice printed in the Shaw Alphabet, 2013

ᎯᏞᏆᏕᏆᏃ ᎯᎠᏉᎬNᏟᎡᏃ ᏆN ᏔᏌNᎠᎡᏞᎯNᎠ,
Alice printed in the Unifon Alphabet, 2014

ꓛꓨꓫꓮꓦꓲꓧꓳꓶꓦꓵꓢ ꓦꓶꓦꓕꓳꓶꓮꓦꓵ ꓗꓕꓮꓶ (Aliz kalandjai Csodaországban),
The Hungarian *Alice* printed in Old Hungarian script, tr. Anikó Szilágyi, 2016

SCHOLARSHIP

Elucidating Alice: A Textual Commentary on *Alice's Adventures in Wonderland*, by Selwyn Goodacre, 2015

Элисәнең Сәйерстандағы мажаралары (Älisäneñ Säyerstandağı majaraları), *Alice* in Bashkir, tr. Güzäl Sitdykova, 2017

Алесіны прыгоды ў Цудазем'і (Alesiny pryhody u Tsudazem'i), *Alice* in Belarusian, tr. Max Ščur, 2016

На тым баку Люстра і што там напаткала Алесю (Na tym baku Liustra i shto tam napatkala Alesiu), *Looking-Glass* in Belarusian, tr. Max Ščur, 2016

Снаркаловы (Snarkalovy), *The Hunting of the Snark* in Belarusian, tr. Max Ščur, forthcoming

Troioù-kaer Alis e Vro ar Marzhoù, *Alice* in Breton, tr. Herve Kerrain, forthcoming

Crystal's Adventures in A Cockney Wonderland, *Alice* in Cockney Rhyming Slang, tr. Charlie Lovett, 2015

Aventurs Alys in Pow an Anethow, *Alice* in Cornish, tr. Nicholas Williams, 2015

Aventurs Alys in Pow an Anethow Dyllans Dywyêthek Kernowek-Sowsnek, *Alice* in Cornish, bilingual edition, tr. Nicholas Williams, 2021

Alice's Ventures in Wunderland, *Alice* in Cornu-English, tr. Alan M. Kent, 2015

Maries Hændelser i Vidunderlandet, *Alice* in Danish, tr. D.G., forthcoming

آلیس در سرزمین عجایب (Âlis dar Sarzamin-e Ajâyeb), *Alice* in Dari, tr. Rahman Arman, 2015

Äventyrä Alice i Underlandä, *Alice* in Elfdalian, tr. Inga-Britt Petersson, 2022

La Aventuroj de Alicio en Mirlando, *Alice* in Esperanto, tr. E. L. Kearney (1910), 2009

La Aventuroj de Alico en Mirlando, *Alice* in Esperanto, tr. Donald Broadribb, 2012

Trans la Spegulo kaj kion Alico trovis tie, *Looking-Glass* in Esperanto, tr. Donald Broadribb, 2012

Les Aventures d'Alice au pays des merveilles, *Alice* in French, tr. Henri Bué, 2015

Alisa-ney Aventuras in Divalanda, *Alice* in Lingua de Planeta (Lidepla),
tr. Anastasia Lysenko & Dmitry Ivanov, 2014

La aventuras de Alisia en la pais de mervelias,
Alice in Lingua Franca Nova, tr. Simon Davies, 2012

Alice çhr Eventüürn in't Wunnerland,
Alice in Low German, tr. Reinhard F. Hahn, 2010

Contoyrtyssyn Ealish ayns Çheer ny Yindyssyn,
Alice in Manx, tr. Brian Stowell, 2010

Ko Ngā Takahanga i a Ārihi i Te Ao Mīharo,
Alice in Māori, tr. Tom Roa, 2015

Dee Erläwnisse von Alice em Wundalaund,
Alice in Mennonite Low German, tr. Jack Thiessen, 2012

Auanturiou adelis en Bro an Marthou,
Alice in Middle Breton, tr. Herve Le Bihan & Herve Kerrain, forthcoming

The Aventures of Alys in Wondyr Lond,
Alice in Middle English, tr. Brian S. Lee, 2013

Þurh þe Loking-Glas and What Alys Founde Þere,
Looking-Glass in Middle English, tr. Brian S. Lee, forthcoming

L'Avventure d'Alice 'int' 'o Paese d' 'e Maraveglie,
Alice in Neapolitan, tr. Roberto D'Ajello, 2016

Attravierzo 'o specchio e cchello c'Alice ce truvaie,
Looking-Glass in Neapolitan, tr. Roberto D'Ajello, 2019

L'Aventuros de Alis in Marvoland, *Alice* in Neo, tr. Ralph Midgley, 2013

Elises Eventyr i Undernes Land: den første norske *Alice:*
Elise's Adventures in the Land of Wonders: the first Norwegian *Alice,*
Alice in Norwegian, ed. & tr. Anne Kristin Lande, 2022

Alice sine opplevingar i Eventyrlandet,
Alice in Nynorsk, tr. Sigrun Anny Røssbø, 2020

Æðelgyðe Ellendæda on Wundorlande,
Alice in Old English, tr. Peter S. Baker, 2015

La geste d'Aalis el Païs de Merveilles,
Alice in Old French, tr. May Plouzeau, 2017

Eachdraidh Ealasaid ann an Tìr nan Iongantas,
Alice in Scottish Gaelic, tr. Moray Watson, 2012

Alice's Adventchers in Wunderland,
Alice in Scouse, tr. Marvin R. Sumner, 2015

Mbalango wa Alice eTikweni ra Swihlamariso,
Alice in Shangani, tr. Peniah Mabaso & Steyn Khesani Madlome, 2015

Ahlice's Aveenturs in Wunderlaant,
Alice in Border Scots, tr. Cameron Halfpenny, 2015

Alice's Mishanters in e Land o Farlies,
Alice in Caithness Scots, tr. Catherine Byrne, 2014

Alice's Adventirs in Wunnerlaun,
Alice in Glaswegian Scots, tr. Thomas Clark, 2014

Ailice's Anters in Ferlielann,
Alice in North-East Scots (Doric), tr. Derrick McClure, 2012

Throwe the Keekin-Gless an Fit Ailice's Funn There,
Looking-Glass in North-East Scots (Doric), tr. Derrick McClure, 2021

Alice's Adventirs in Wonderlaand,
Alice in Shetland Scots, tr. Laureen Johnson, 2012

Ailice's Àventurs in Wunnerland,
Alice in Southeast Central Scots, tr. Sandy Fleemin, 2011

Ailis's Anterins i the Laun o Ferlies,
Alice in Synthetic Scots, tr. Andrew McCallum, 2013

Alice's Carrànts in Wunnerlan,
Alice in Ulster Scots, tr. Anne Morrison-Smyth, 2013

Alison's Jants in Ferlieland,
Alice in West-Central Scots, tr. James Andrew Begg, 2014

Alice muNyika yeMashiripiti,
Alice in Shona, tr. Shumirai Nyota & Tsitsi Nyoni, 2015

Алисаныҥ қайғаллығ Черинде полған чоруқтары (Alisaniñ qayğallığ
Çerinde polğan çoruqtarı), *Alice* in Shor, tr. Liubovʹ Arbaçakova, 2017

Alicia's Adventuras en Wonderlandia,
Alice in Spanglish, tr. Ilan Stavans, 2021